CLASSIC

當代大師
文學經典

惡時辰

La mala hora

Gabriel García Márquez

加布列・賈西亞・馬奎斯

葉淑吟——譯

導讀——

蠹蝕社會的集體霸凌

淡江大學全球政治經濟學系教授
淡江大學國際事務副校長
陳小雀

「哥倫比亞」係取自義大利航海家哥倫布（Cristoforo Colombo，一四五一～一五〇六）的姓氏，在語義上為「哥倫布之地」，象徵將榮耀獻給美洲的發現者；此外，「Colombo」的拉丁文原意乃白鴿之意，象徵和平及聖靈，以此為國名，無非冀望甫建立的民主國家將是一個充滿榮耀的和平國度。

的確，哥倫比亞應該是一個富庶的國度，她有美洲綠寶石之美譽，蘊藏煤、銀、銅、鎳、鐵、鋅、鎢、鉻、石油、黃金、白金、綠寶石等豐富礦產；再者，哥倫比亞是中美洲與南美洲的樞紐，係南美洲唯一同時瀕臨加勒比海及太平洋的國家，其戰略地位十分重要。然而，哥倫比亞自獨立以來，即深陷政黨之爭，不論自由黨、抑或保守黨，治國理念早已煙滅灰燼，兩黨為了爭權奪利，不惜發動戰爭，一次又一次的內戰讓兩黨之爭更加變本加厲，更為甚者，美國聯合水果公司趁虛而入，不僅壟斷香蕉貿易，同時干預政府，造成社會貧困與落後。

一九二〇至一九六〇期間，自由黨與保守黨表面上歇戰，但兩黨的支持者依舊對立，採取暗殺、襲擊、迫害、破壞私人財產等暴力手段來鏟除對手，史稱「暴力期」（La Violencia）。生長在這樣的政治氛圍裡，賈西亞．馬奎斯（Gabriel García Márquez，一九二七～二〇一四）自幼即從外祖父口中得知許多「內戰歷史」和「香蕉故事」，成年之後也親眼見到兩黨的惡鬥。

一九四七年，賈西亞．馬奎斯就讀國立哥倫比亞大學法律系，但他對法律條文意興闌珊，卻熱中於新聞採訪工作，坐在打字機前紀錄所見所聞，享受寫作之樂。一九四八年，在保守黨執政期間，自由黨左翼領袖蓋坦

（Jorge Eliécer Gaitán，一九〇三～一九四八）於波哥大街頭遭暗殺，引發民眾抗議浪潮，孰料抗議活動演變成武裝起義，政府血腥鎮壓，國立哥倫比亞大學亦被迫關閉，史稱「波哥大事件」（Bogotazo）。「波哥大事件」後，賈西亞．馬奎斯放棄學業，投入記者工作，爾後並藉春秋之筆重建史料，將社會事件、經濟剝削與政黨惡鬥化為小說題材。

在《沒有人寫信給上校》（*El corcnel no tiene quien le escriba*）裡，那個曾為政府軍效力的上校，以為內戰結束後政府會履行撫卹金的承諾，但是十五年過去了，他並沒有等到撫卹金，伴隨著他的，只有飢餓，還有受哮喘折磨的妻子，以及死去兒子所留下的鬥雞。此外，在《百年孤寂》（*Cien años de soledad*）裡，賈西亞．馬奎斯以黑色幽默的筆觸輕輕勾勒出兩黨之爭的荒謬，為歷史教訓重重作了註腳：「今日自由黨與保守黨唯一不同之處，是自由黨五點鐘去望彌撒，而保守黨則在八點鐘望彌撒。」在《惡時辰》（*La mala hora*）裡，保守黨的村長寧願忍受牙痛，也不願給自由黨的牙醫治癒。

《惡時辰》係賈西亞．馬奎斯的第三部小說，這部小說尚未出版即在一九六一年為他贏得哥倫比亞埃索文學獎（Premio Esso），這部小說看似以「揭露瘡疤」為題材，但仍脫離不了政黨惡鬥情節，是十足的政治小說。《惡時辰》於一九六二年才正式在西班牙出版，不過，出版社的一名校對員以必須「純正語言」為由，擅自修改文中的一些用詞及風格。賈西亞．馬奎斯堅持個人無拘無束的寫作風格，因而於一九六三年在墨西哥重新出版《惡時辰》。

《惡時辰》的故事背景座落在哥倫比亞「暴力期」，兩黨表面上停戰，但執政的保守黨卻故意挑釁自由黨，即便再度爆發武裝衝突亦在所不惜，目的就是不打算讓自由黨平靜過日子，甚至殲滅對手。小說如此敘述：「我支持的黨派上台，警察殺光我的政敵，到那個時候，我要隨便出價，買下他們的土地和牲口。」

故事從十月四日星期三展開，安赫神父（Angel）於黎明時分起床，在五點鐘正準備舉行彌撒之際，突然一聲槍響打破村莊的寧靜。從事畜牧業的西薩．蒙特羅（César Montero）在家門口發現一張黑函，黑函揭露妻子紅杏出牆，指稱音樂人帕斯特（Pastor）是妻子的情夫，他在憤怒之下射殺了帕斯特。自此，村莊陸續在暗夜裡出現各種黑函，內容都是一些涉及個人的隱私，例如：墮胎、婚外情、私生子、怪癖等。其實，都是一些大家早已知道的傳聞，有些甚至是無稽之談，村民只是避而不談，如今卻煞有其事被公諸於世，並彷彿夢魘般折磨著當事人，其他人也開始憂心自己是否成為黑函的下一個目標，整個村莊因而籠罩在恐慌之中。日子緩緩流逝，事件一樁接著一樁，其間不時穿插過往情事，在倒敘、補敘中最後時間來到十月二十一日星期五，安赫爾神父一如往常在黎明時分起床，然而，備受煎熬的村莊再度響起槍聲，小說在此畫下句點。

對居民而言，這十七天是夢魘，村民經歷了比內戰更加殘酷的「惡時辰」，小說標題勾勒出「暴力時期」的輪廓。亦即，賈西亞．馬奎斯藉《惡時辰》凸顯外在的紛擾政局，同時刻劃村民內心焦慮情緒。黑函儼然成為了催化劑，令當事人以自己的方式復仇雪恨或捍衛名譽，帕斯特因而成為第一個受害者。為了追查張貼黑函的人，村長實行宵禁，並派警察戒備，但仍毫無所獲。黑函涉及村民的私生活與道德觀，或者更確切地說，每個人都可能是受害者，同時也是加害者，那麼，黑函到底是誰所寫的呢？原來，黑函是村民的集體創作，是村民參與集體霸凌的證據！

子彈嚇不跑我們，但一張貼在門上的紙卻能做到。

《惡時辰》以第三人稱的敘事者來指揮全局，即便小說人物繁多，故事中有故事，情節中有情節，但在敘事者的指揮下，儼如一支合唱團，或一同齊唱，或交錯輪唱，或多部重唱，呈現明暗表裡、強弱高低的層次感，完整交代情節始末。除了黑函這條敘事主軸之外，在《惡時辰》裡，尚有雨災及村長這兩條主軸。第二條主軸聚焦在豪雨成災，藉貧富懸殊凸顯低下階層的悲慘景象，窮困的村民為了躲避雨災而遷徙至高地，村長卻趁火打劫，將公有地高價賣給貧民。村長象徵貪婪的政客，構成第三條主軸，在內戰勝利後，政客利用地位及各種特權掌握資源，剝削人民並中飽私囊。透過賈西亞．馬奎斯的黑色幽默，有呼風喚雨本事的村長竟然受牙痛之苦，流洩出戲謔色彩，頗為滑稽。黑函、雨災、村長這三條主軸貫穿全局，相交呼應，村莊釋出淡淡的孤寂，同時夾雜著騷動、疏離、衰頹、死亡等氣味，也顯露出憂鬱、矛盾、不安、焦慮、瘋狂、妒嫉、失眠、失憶等病態。

村民之間失去互信，參與集體霸凌，無形中蠹蝕了社會，而這正是哥倫比「暴力期」的寫照。賈西亞．馬奎斯跳脫社會紀實的傳統框架，以一張黑函掀開集體霸凌的黑歷史，魔幻寫實大師的功力確實不同凡響。

1

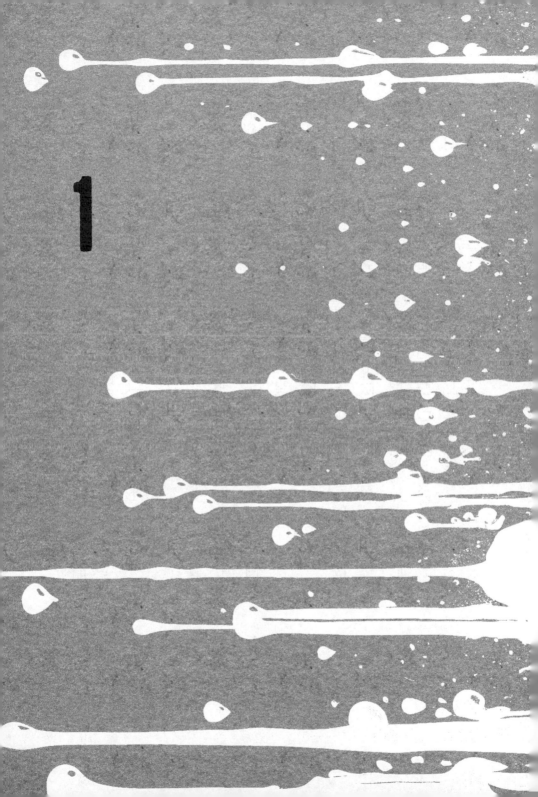

安赫神父費盡九牛二虎之力起身。他舉起乾癟的手揉揉眼皮，掀開蚊帳，赤條條地坐起來，沉思了半晌，他需要這一點時間，感覺自己還活著，同時他回想月日，並對照聖人曆上的日子。「十月四日，禮拜三。」他心想；接著他喃喃自語：「亞西西的方濟各紀念日。」

他沒有梳洗，也沒有禱告，直接換好衣服。他人高馬大，性子急躁，外表和動作卻如溫吞的牛隻，神情肅穆而悲傷。他心不在焉，扣好教士袍的鈕釦，那動作彷彿正在檢查豎琴的琴弦，接著他拉開門栓，打開面向院子的門。他凝視雨中的晚香玉，想起了一首歌。

「我的眼淚啊，聚成了大海。」他嘆口氣。

從他的臥室，有一條直通教堂的內廊，廊上綴著一盆盆的花，鬆散搭蓋的磚牆上，已經看得到十月的青草從縫隙冒出。上教堂前，安赫神父先去廁所。他憋住氣，撒了一大泡尿，不想聞到總是嗆得他掉淚的阿摩尼亞熏天臭氣。之後他步向走廊，繼續回想歌詞：「那艘船載我航向你的夢。」他走到教堂的窄門前，聞到了晚香玉飄來的最後一縷芬芳。

教堂內氣味難聞。廳堂是長形的，也是鬆散的磚塊牆，只開一扇門，對著下面的廣場。安赫神父直接走到鐘樓下。他看著離頭頂超過一公尺高的鐘錘，想著上緊的發條還能走一個禮拜。他感覺到蚊子的攻擊，用力拍死後頸的一隻蚊子，手往發條繩上擦乾抹淨。接著他聽見上面精密的機械齒輪正在運轉，聲音低沉而微弱，時鐘敲響了五聲，宣告已經清晨五點。

他等到最後一聲結束。這時他雙手抓緊繩索，纏繞在手腕上，一鼓作氣敲響破爛的青銅鐘。他已經滿六十一歲。敲鐘對他的年紀來說太過吃力，但是他一向親自主持彌撒，而使力敲鐘能鼓舞他的士氣。

青銅鐘聲飄揚，蒂妮妲推開臨街大門，接著步向角落，前一晚她在這裡放置了捕鼠器。她看見了一場小小的血腥場面，開心之餘，又覺得噁心。她打開第一個捕鼠器，用食指和拇指夾起老鼠尾巴，把牠丟進一個厚紙箱。這時安赫神父剛打開面向廣場的門。

「早安，神父。」蒂妮妲說。

神父沒理會她優美的男中音嗓音。在這個十月的黎明時分，放眼只見一片悲悽，廣場上空蕩蕩，扁桃樹在雨中沉睡，整座村莊靜悄悄，給他一種徬徨無依的感覺。適應雨聲之後，他聽見廣場的盡頭傳來帕斯特的豎笛聲，是那麼清晰而有一點不真實。到這一刻，他才回應她。

「帕斯特不是跟彈小夜曲的人在一起。」他說。

「不是。」蒂妮妲肯定地說。她拿著裝老鼠屍體的紙箱走過來。「跟彈吉他的人。」

「他們整整兩個小時都在演奏一首蠢歌。」神父說。「我的眼淚啊，聚成了大海。是這一首吧？」

「那是帕斯特的新歌。」她說。

神父佇立在門前不動，腦海掠過一幅想像。多年來，他每天都聽到兩個街區外的帕斯特吹奏豎笛，每到清晨五點，帕斯特就搬出凳子，靠在鴿舍的柱子旁練習。他是村裡最準時的時鐘：首先，是清晨五點的五聲鐘響，接著是第一聲彌撒開始的鐘聲，然後是帕斯特在他家院子的豎笛聲，一連串輕盈的樂符淨化了夾帶鴿子排泄物臭味的空氣。

「那首歌的旋律不錯。」神父回答。「但是歌詞很愚蠢。歌詞前後對調，意思都差不多。那個夢載我航向你的小船。」

他半轉過身，不禁為自己的發現露出微笑；他走向聖壇準備點燈。蒂妮妲跟在後面。她身穿白長袍，長袖口蓋住手腕，繫著平日聖會用的藍色絲質腰帶。她的兩邊眉毛相接，一雙眼是深邃的黑色。

「他們在附近逗留一整夜。」神父說。

「都是因為瑪格特．拉米瑞茲在。」蒂妮妲心不在焉地說，她搖了搖箱子，裡面發出老鼠屍體的碰撞聲。「可是昨晚發生了比小夜曲更精采的事。」

神父停下動作，那雙寧靜的藍眸盯著她看。

「什麼事？」

「黑函。」蒂妮妲說。然後她發出緊張的輕笑。

三棟屋子外，西薩．蒙特羅夢見了大象。禮拜日那天，他在電影院看過牠們。就在終場之前，雨噼哩啪啦下了半個小時，此刻電影正在他的夢裡繼續播映。

西薩．蒙特羅整個身體貼著牆，夢裡驚慌失措的印第安原住民奔向象群。他的妻子輕輕地擠了他一下，可是兩人都沒醒來。「我們走吧。」他喃喃地說，回到原本的姿勢。這時他清醒過來。而就在這一刻，響起了彌撒的第二聲鐘響。

他們的房子相當寬敞，四周圍著大片的鐵絲網，窗戶是鐵花窗，面向下方的廣場開著，窗後掛著一面印花窗簾，上面盛開朵朵的黃花。小夜桌上有一臺無線收音機、一盞燈，和一個日晷鐘。一側的牆邊豎立一個巨大的衣櫥，門片上各鑲著一面鏡子。西薩．蒙特羅套上馬靴時，聽見了帕斯特的豎笛聲。馬靴的粗皮鞋帶裹上了泥巴而變得僵硬。他握緊拳頭，用力拉扯鞋帶，他的皮膚可比鞋帶還要粗糙。接著他在床底下摸索靴刺，可是找不到。他繼續在昏暗中穿衣，試著別發出聲音吵醒妻子。當他扣好襯衫時，瞥了一眼桌上時鐘，再次尋找床下的靴刺。他先是伸手摸索。接著他趴下來，鑽進床底搜東西。他的妻子醒了。

「你在找什麼？」

「靴刺。」

「掛在衣櫥後面。」她說。「禮拜六你親手掛在那裡的。」

她掀開蚊帳，打開燈。他一臉羞愧地站起來。他的身材相當高大，後背寬闊厚實，但是綁鞋帶的動作出奇靈活，靴子似乎是木頭的鞋底。他稱得上健壯如牛。他看不出年紀，但是脖子的皮膚洩漏了他已經超過五十歲。他坐在床邊準備裝上靴刺。

「還在下雨。」她說，感覺一身叛逆的骨頭吸飽了夜間的溼氣。「我覺得自己好像海綿。」

她身材嬌小，十分骨感，鼻子長而尖，總是睡眼惺忪的模樣。她試著看清楚窗簾外的雨勢。西薩．蒙特羅綁好鞋帶，站起來，在地上踏了幾下。銅靴刺把整棟屋子震得搖動。

「十月的老虎最肥美。」他說。

但是妻子並沒有理會他，她陶醉在帕斯特的樂聲中。當她再次看向丈夫，他已經打開雙腳站在衣櫥前梳頭髮，但是他低著頭，因為鏡子容不下他整個人的倒影。

她跟著帕斯特的樂聲哼唱。

「他們一整晚都在演奏那首歌。」

「很美的歌。」她說。

她解開綁在床頭的一條緞帶，把後頸的頭髮重新綁好，接著嘆了一口氣，完全清醒過來。「我願意留在你的夢中，直到生命抵達盡頭的那一天。」他沒仔細聽她在唱什麼。他從衣櫥的抽屜拿出一個皮包，裡面還有一些珠寶、一個小巧的女錶、一支鋼筆。他從皮包裡抽出四張鈔票，再把皮包放回原位。接著他把獵槍的六個彈匣塞進襯衫口袋。

「如果雨繼續下，禮拜六我就不回來了。」他說。

他打開通往院子的門，站在門檻邊半晌，吸一口十月沉悶的氣味，這時他的眼睛逐漸適應黑暗。正當他要關上門時，他聽見臥室裡的鬧鐘響了。

他的妻子跳下床。他的動作停在半途，手擱在門栓上，直到她關掉鬧鈴。這一刻，他才仔細看她，一臉若有所思。

「我昨晚夢見大象。」他說。

接著，他關上門，走去替騾子上鞍座。

隨著第三聲鐘響，雨勢加劇。下面吹過一陣風，捲走了廣場上的扁桃樹剩下的腐爛葉子，路燈已經熄滅，但是家家戶戶依舊門窗緊閉。西薩·蒙特羅騎著騾子，趕牲進廚房，對妻子嚷嚷著把雨衣拿來。他拿下斜背在後背的雙管獵槍，用鞍座的皮繩橫著綁好。他的妻子拿著雨衣出現在廚房。

「等放晴再上路吧。」她對他說，但語氣不那麼堅決。

他不發一語，穿上雨衣。接著他看向院子。

「要到十一月天氣才會放晴。」

她目送他到走廊的另一頭。雨水噼哩啪啦打在生鏽的鐵片屋頂上，但是他還是出發了。他往騾子身上一鞭，穿過門口時，他得趴在鞍座上，以免撞到門楣，到了外面的院子。雨水沿著屋簷傾瀉而下，像是鉛彈在他後背炸開。他在門廊上，頭也不回地對她大喊：

「禮拜六見。」

「禮拜六見。」她說。

廣場上，只有教堂的門是敞開的。西薩・蒙特羅抬起頭，看見密布的雨雲低垂，離他的頭頂只有兩個掌距。他在胸前劃完十字後，鞭打騾子，讓牠轉個幾圈，直到在滑溜溜的地面站穩。這時，他瞥見自家門上貼著一張紙。

他沒下騾子，直接讀了內容。雨水已經洗去上面的顏色，但依然看得到畫筆寫上去的粗獷印刷字體的痕跡，能明白寫了些什麼。西薩・蒙特羅把騾子綁在牆邊，拆下紙，一把撕成碎片。

他用力一拉韁繩，催促著騾子踩著規律的小碎步，這樣的步伐足以走上好幾個時程的路。他離開廣場，鑽進一條蜿蜒的窄巷，兩旁都是泥造房屋，家家戶戶從睡夢甦醒，紛紛打開了門。他聞到空氣中繚繞的咖啡香。當他經過村莊的最後幾棟房屋，就讓騾子掉過頭，踱著同樣規律的小碎步回到廣場，他在帕斯特家門前停下來。他下了騾子，拿起獵槍，把騾子拴在乾草叉旁，每個步驟都不疾不徐。

大門沒拉上門栓，只用一個大海螺從下面擋住。西薩．蒙特羅踏進漆黑的小客廳。他先是聽到一個尖銳的樂符，接著一陣他期待的靜默籠罩。他經過一張小桌子，桌邊整齊擺置四張椅子，桌上鋪著一張羊毛桌布，還有一個插著塑膠花的花瓶。最後，他駐足在通向院子的門口，把雨衣的帽子往後脫下，偷偷地打開獵槍的保險栓，然後以近乎溫柔的語氣，緩緩地喊：

「帕斯特。」

帕斯特出現在門檻邊，拿下豎笛的吹嘴。他是個年輕小伙子，體型乾癟，嘴上剛冒出的細毛用剪刀修得整整齊齊。帕斯特張開嘴，看著西薩．蒙特羅那雙跟靴踩在泥土地面，腰部扶著一把槍對準他。但是帕斯特沒出聲。他臉色刷白，擠出微笑。西薩．蒙特羅握緊槍托，他先是站穩腳步，手肘靠緊臀部；接著他咬緊牙根，就在這一刻扣下扳機。轟然巨響震動了屋子，但是西薩．蒙特羅不知道，他是在槍響之前還是之後，看見門外的帕斯特像是一條蠕動的蟲，爬在染上斑斑血跡的細小羽毛堆上。

槍聲響起的那一刻，村長正進入夢鄉。他的臼齒發疼，已經連續三晚無法成眠。這天清晨，他在響起彌撒的第一聲鐘聲時，吃下第八顆止痛錠。牙痛退去。雨水打在鋅板屋頂上噼哩啪啦響，聲聲催眠，臼齒雖然不痛了，卻繼續在他睡覺時抽動。他在聽見槍響的剎那驚醒過來，伸出左手抓起習慣放在吊床邊一張椅子上的彈匣腰帶和左輪手槍。不過，接下來他只聽見雨聲，因此以為只是惡夢，而牙痛再次襲來。

他有點發燒。他從鏡中發現臉頰腫起。他打開一罐薄荷凡士林，在疼痛、繃緊和無法刮鬍子的部位擦上藥膏。突然間，他聽見雨中傳來遠處的說話聲。他走到陽臺上。民眾聚集在街頭，有些人還穿著睡衣，他們往廣場奔去。有個男孩回過頭，對他揮舞手臂，沒停下腳步，對他大喊：

「西薩·蒙特羅殺死了帕斯特。」

西薩·蒙特羅在廣場上繞著圈子，手中舉的槍對準民眾。村長毫不費力就認出了他。他左手拿起手槍，走向廣場的中央。人群紛紛讓開了路。一名警員從撞球間出來，他拿著一把上膛的步槍對準西薩·蒙特羅。村長低聲說：「畜生，不要開槍。」他把左輪手槍收好，拿走警員的步槍，握著那把上膛的武器，繼續走向廣場中央。群眾聚集在牆邊。

「西薩·蒙特羅。」村長大喊。「把槍給我。」

直到這一刻，西薩·蒙特羅才發現村長來了。他嚇了一跳，回頭看他。村長的指頭擱在扳機上，但是沒按下。

「把她找來。」西薩·蒙特羅大喊。

村長左手拿著步槍，右手擦乾眼皮。他計算每個步伐，扣著扳機的手指僵直，眼睛死盯著西薩·蒙特羅。他猛然停下腳步，用充滿感情的語調說：

「西薩，把獵槍丟到地上。別再做傻事。」

西薩·蒙特羅往後退去。村長僵硬的指頭繼續扣著扳機。他身體的肌肉沒有絲毫放鬆，直到西薩·蒙特羅放下獵槍，丟到地上。這時，村長發現自己只穿睡褲，在雨中滿頭大汗，以及臼齒已經不痛了。

家家戶戶打開了他們的門。兩名佩帶步槍的警員衝向廣場中央。群眾爭先恐後跟在他們後面。

警員拿著上膛的步槍，在廣場上繞了半圈大喊：

「後退。」

村長沒有看任何人，用平靜的語氣大聲說：

「清空廣場。」

群眾散去。村長沒有要求西薩·蒙特羅脫下雨衣，直接搜了他的身。他在襯衫的口袋找到四個彈匣，在褲子後面口袋發現一把皮革柄小刀。在另外一個口袋找到一本小筆記簿，一個三把鑰匙的鑰匙圈，和四張一百塊披索鈔票。西薩·蒙特羅不動聲色，張開雙臂，筆直不動，方便他搜身。結束後，村長叫來兩名警員，把搜到的東西和西薩·蒙特羅一併交給他們。

「立刻把他帶到村長辦公室。」他下令。「幫我好好看著他。」

西薩．蒙特羅脫掉雨衣。他把雨衣交給其中一名警員，然後走在他們之間離開，他無視於下雨和聚集在廣場上一頭霧水的觀眾。村長若有所思，看著他遠離的身影。接著他回頭看著群眾，做出嚇跑母雞的動作，大聲喊：

「離開。」

他抬起光裸的手臂擦臉，穿越廣場，踏進帕斯特的家。

死者的母親癱坐在一張椅子上，四周圍繞著一群女人，她們正拿著扇子替她猛搧風。村長要一個女人讓到一旁。「讓她喘口氣。」他說。那女人回頭看他。

「她前腳才剛踏出門，要去望彌撒。」她說。

「知道了。」村長說。「現在讓她喘口氣吧。」

帕斯特倒臥在走廊鴿舍一堆血跡斑斑的羽毛堆上。空氣彌漫一股鴿子的噁臭。當村長出現在門口時，一群男人正要抬起屍體。

「退開。」他說。

男人們把屍體放回羽毛堆上，還原找到時的姿勢，然後默默退開。村長檢查完屍體，把他翻過來。細小的羽毛散了一地。屍體腰部的羽毛沾染較多還溫熱的鮮血。他伸手撥開羽毛。他的襯衫破了洞，腰帶的搭釦損毀。他瞧見襯衫底下外露的內臟。傷口已經停止出血。

「那是一把殺老虎的獵槍。」其中一個男人說。

村長站起來。他拿起鴿舍的一把乾草叉清理手上沾血的羽毛，視線半刻都沒離開屍體。接著他把手往睡褲抹乾淨，對大家說：

「不要搬開屍體。」

「您要丟下他躺在這裡。」一個男人說。

「會儘快進行移屍程序。」村長說。

屋子內的女人發出陣陣悲鳴。村長穿過一片哀叫，裡面的氣味令人窒息，空氣開始變得稀薄。他在臨街大門遇見安赫神父。

「他死了。」神父一臉不解地低呼。

「像豬一樣被宰了。」村長回答。

廣場四周屋子的大門全都打開了。雨勢已經停歇，但是屋子上方依舊是陰沉沉的天空，見不到一絲讓陽光滲透的縫隙。安赫神父抬起手擋下村長。

「西薩・蒙特羅是個好人。」他說。「這次應該是一時糊塗。」

「我知道。」村長不耐地說。「神父，您別擔心，他不會有事的。需要您的人，在那裡面。」

他的動作有些粗暴，走去命令警員撤走看守的人員。這一刻，原本保持距離的群眾全湧進了帕斯特家。村長踏入撞球間，裡面有個警員拿著一套乾淨的衣物等著：他的中尉軍服。

平常的這個時間，這間店並不對外開放。這一天卻在七點前就已高朋滿座。有幾個男人正在喝咖啡，他們或圍著四個座位的小桌子，或靠在櫃檯邊。大多數人都穿著睡衣和拖鞋。

村長當眾脫光衣服，拿著睡褲大略擦乾身體，接著穿上軍服，他安靜不語，等待大家議論。當他離開撞球間時，已經完全掌握這場意外的細節。

「各位當心啊。」他站在門口大喊。「膽敢破壞村莊秩序的人，等著被我抓進監牢。」

他沿著石磚街道往下走，路上沒向任何人打招呼，但是他發現村民的情緒沸騰。他年紀尚輕，舉止輕浮，每個步伐都透露他想引人注目的企圖。

到了七點，每個禮拜三個班次的駁船抵達，帶來了貨物和旅客，但是大家不若往常那樣注意他們。村長往下走到一條長廊上，敘利亞商人開始展示他們五彩繽紛的商品。烏塔維沃·西拉爾多醫生在他的診所門口凝視駁船，他頂著一頂油亮的鬈髮，是個看不出年紀的男人。他也穿著睡衣和拖鞋。

「醫生。」村長說。「換好衣服，過來驗屍吧。」

醫生滿腹好奇地看著他。他露出一排潔白健康的牙齒。「現在就可以去驗屍。」他說完，接著又補充：

「這顯然是一大進步。」

村長試著擠出微笑，無奈疼痛的臉頰讓他力不從心。他伸出手遮住嘴。

「您怎麼了？」醫生問他。

「都是該死的臼齒在作怪。」

西拉爾多醫生似乎準備將話題聊開，但是村長卻行色匆匆。

他走到碼頭盡頭，佇立在一間蘆竹外牆的屋子前，牆上沒有泥巴，棕櫚葉屋頂幾乎垂到水面。裡面有個青綠膚色的女人打開門，她看上去已經懷孕七個月。她打著赤腳。村長要她讓到一旁，走進一間昏暗的小客廳。

「法官。」他喊。

阿爾卡迪歐法官拖著一雙平底鞋，出現在裡面的一扇門前。他打赤膊，只穿一條斜紋布褲，沒繫皮帶，褲子就那樣垂掛在肚臍下面。

「準備發令搬運屍體。」村長說。

阿爾卡迪歐法官一臉疑惑，吹了聲口哨。

「您又從哪兒道聽塗說？」

村長繼續走進臥室。「這一次不是。」他說，並打開窗戶，沖淡屋內濃濃的睡意。「這件事要好好處理。」他把手上的灰塵往燙好的褲子擦乾淨，語氣不帶任何諷刺地問：

「您知道怎麼進行移屍程序？」

「當然知道。」

村長站在窗前凝視雙手。「我會通知您的秘書，讓他填寫該寫的東西。」他說，這一次他也沒語帶暗示。接著他打開手掌，轉向那個年輕女人。手掌上有血跡。

「我可以在哪裡洗手？」

「池塘那邊。」她說。

村長走到院子裡。年輕女人從箱子拿出一條乾淨的毛巾，包上一塊香皂。

她來到院子，這時村長剛好正在甩乾雙手，準備返回臥室。

「我送香皂來給您。」她說。

「已經洗好了。」村長說。他的視線回到手掌。他接下毛巾，擦乾雙手，若有所思地看向阿爾卡迪歐法官。

「他滿身都是鴿子羽毛。」他說。

村長坐在床邊，小口地啜飲一杯黑咖啡，等著阿爾卡迪歐法官換好衣服。年輕女人跟在他們後面走過客廳。

「您那顆臼齒不拔，臉是不會消腫的。」她對村長說。

他推著阿爾卡迪歐法官到街道上，回過頭看著年輕女人，伸出食指碰觸她隆起的肚子。

「那麼妳這個肚子何時消腫呢？」

「快了。」她說。

傍晚，安赫神父沒像平日一樣去散步。葬禮過後，他經過低處社區的一間房屋，停下來在裡面跟人談天，直到夕陽西斜。他感覺通體舒暢，儘管陰雨綿綿，讓他脊椎的老毛病又犯了。當他回到家，街燈已經亮起。

蒂妮妲在走廊上澆花。神父向她問起尚未供奉的祭品，她答說都擺在主聖壇上。他一點亮房間的燈，蚊子立刻像雲霧將他團團包圍。他拿起殺蟲劑在房間裡噴灑一遍，關上房門，馬上又因為那個氣味，不停打噴嚏。最後他滿身大汗。他脫掉黑色長袍，換上私下穿的補靪白色長袍，前去誦念《三鐘經》。

回到起居室後，他拿出平底鍋放在火上，開始煎肉，趁這個時刻將洋蔥切片。接著，他全都倒到盤子上，上面還有一塊水煮木薯和一點冷飯，是午餐的剩菜。他把餐盤端到桌上，坐下來享用。

他拿起刀子把每一樣食物切成小塊，再壓在叉子上碎成泥狀，然後全部吃下肚。他細嚼慢嚥，用補過銀粉的臼齒把最後的顆粒磨碎，不過嘴巴始終閉著。咀嚼時，他鬆開刀叉，把餐具擱在盤子邊，不斷用視線認真地打量房間。他的前方有個櫃子，上面擺著大批的教區檔案。角落有一張高背搖椅，椅背縫上靠頭的墊子。搖椅後面是一扇板門，門上掛著一個耶穌受難像十字架，一旁還有一個咳嗽糖漿的廣告日曆。門內是臥室。

用完餐，安赫神父感覺胸口很悶。他拿出一個番石榴甜麵包，剝開包裝紙，倒了滿滿的一杯水，開始吃甜點。他每咬一口就喝一口水，視線緊盯著日曆。最後，他打了一個嗝，舉起袖子擦拭嘴唇。十九年來，他都這麼吃飯，獨自一人在辦公室裡，重複每個動作，分毫不差。但從未對自己的孤獨感到羞恥。

誦完《玫瑰經》後，蒂妮妲向他要求買砒霜。神父第三次拒絕她的要求，他認為捕鼠器就夠了。蒂妮妲不死心。

「但是有的老鼠比較小，捕鼠器捉不到，乳酪都被搬走了。所以，最好的辦法是用乳酪毒鼠。」

神父覺得她有道理。可是他還沒說出口，對面人行道上電影院的擴音器卻打破教堂的寧靜。先是一陣低沉的隆隆聲。接著唱針劃過唱盤，隨即響起刺耳的喇叭吹奏的曼波舞曲。

「今晚有電影？」神父問。

蒂妮妲回答有。

「哪部電影？」

「《泰山和綠女神》。」蒂妮妲說。「就是禮拜日那部遇上下雨沒放完的電影，內容老少咸宜的電影。」

安赫神父前往鐘樓，連敲了十二聲鐘。蒂妮妲一臉不解。

「神父，您搞錯了。」她揮揮手說，雙眼還閃爍著激動的光芒。「那是一部老少咸宜的電影呀。別忘記，禮拜日您可沒敲鐘。」

「但是這對村莊來說有欠尊重。」神父說，並擦乾脖子的汗水。接著他喘著氣再說一遍。「有欠尊重。」

蒂妮妲恍然大悟。

「看看那場葬禮。」神父說。「村莊內的所有男人都爭先恐後抬著棺木。」

接著，他打發女孩回家，關上面向空蕩蕩的廣場的門，最後關掉教堂的燈。他準備回房，到了走廊上，他拍了額頭一下，想起忘記給蒂妮妲買砒霜的錢。但還沒到起居室就把這件事忘得一乾二淨。

不久之後，他坐在工作桌邊，準備完成一封前一晚開始寫的信。他解開長袍到肚子的釦子，整理桌上的一疊紙、墨水瓶和吸墨紙，同時他翻找口袋，尋找眼鏡。接著他想起眼鏡在穿去葬禮的那件長袍口袋裡，於是起身去拿。他重讀一遍前一晚寫的東西，動筆寫新的一段，這時門口傳來三下敲門聲。

「請進。」

來者是電影院老闆。他身形矮小，臉色蒼白，鬍子刮得很乾淨，神情滿是哀戚。他穿著潔白無瑕的亞麻服飾，一雙兩種顏色的鞋子。安赫神父指示他在籐編椅子上坐下來，但是他從褲子口袋掏出一條手帕，小心翼翼地打開，拂落坐墊上的灰塵，坐下來後打開雙腳。這時，安赫神父看見他的腰帶上帶的不是一把手槍，而是一支電池手電筒。

「洗耳恭聽。」神父說。

「神父。」老闆感覺氣若游絲地說。「請原諒我多管閒事，但是今晚應該發生了不該發生的錯誤。」

神父點點頭，等他繼續說下去。

「《泰山和綠女神》是老少咸宜的好電影。」老闆繼續說。「您在禮拜日也親自肯定了這件事。」

神父想打斷他，但是老闆舉起手表示他還沒說完。

「我接受敲鐘，」他說。「因為有些電影的確是道德淪喪。但是這部電影沒什麼不妥，我們甚至考慮在禮拜六的兒童場次放映。」

這時安赫神父澄清，這部電影在他每個月收到的郵寄電影名冊中，確實不是歸在道德分級類別。

「但是在今天放電影，」他繼續說。「有失對村裡一位死者的尊重。這就屬於道德層面。」

老闆望著他。

「去年警員在電影院裡殺人，他們把死者抬走不久，就能繼續放電影。」他說。

「這一次不一樣。」神父說。「村長已經洗心革面。」

「每逢選舉來臨，屠殺就會再出現。」老闆氣憤地回答。「自從這裡變成村莊，同樣的戲碼不斷重演。」

「那就讓我們等著看吧。」神父說。

老闆投來哀傷的眼神，將他仔細打量了一遍。當他再次開口，語氣已經轉為乞求，同時他拉拉襯衫的胸口，希望透一點氣。

「這是今年我們收到的第三部老少咸宜電影。」他說。「因為下雨的緣故，禮拜天還有三卷沒放完，很多人都想知道結局。」

「喪鐘已經敲響。」神父說。

老闆發出一聲失望的嘆息。他正面看著神父，等待著，滿腦子只剩下辦公室內的燠熱。

「所以，已經無法挽回？」

安赫神父搖搖頭。

老闆往膝蓋拍一下，站了起來。

「好吧。」他說。「我們還能拿您怎麼辦呢。」

他把手帕摺好，擦乾脖子的汗水，那打量辦公室的嚴厲目光，帶著一種苦澀。

「這裡簡直是地獄。」他說。

神父送他到門口。他拉上門栓，坐下來把信寫完。他先將信從頭再讀一遍，完成被打斷的那一段，然後停下來思索。這一刻，擴音器的音樂消失。「敬愛的觀眾，」一個不帶感情的聲音響起。「電影院希望參與守喪，因此取消今晚的放映。」安赫神父認出那是老闆的聲音，嘴角不禁上揚。

天氣越來越熱。神父繼續寫信，幾次停下了筆，擦乾汗水或重讀寫好的東西，直到寫滿兩頁。當他簽好名字時，雨開始無預警地落下。地面淋溼後升起的熱氣侵入了辦公室。安赫神父寫好信封，蓋上墨水瓶，準備摺信紙。但是在這之前他又將最後一段重讀了一次。這時他又打開墨水瓶，寫下附註：「又下雨了。這種冬天的天氣，再加上發生了以上告知的事情，我想，再過來等著我們的將是苦日子。」

2

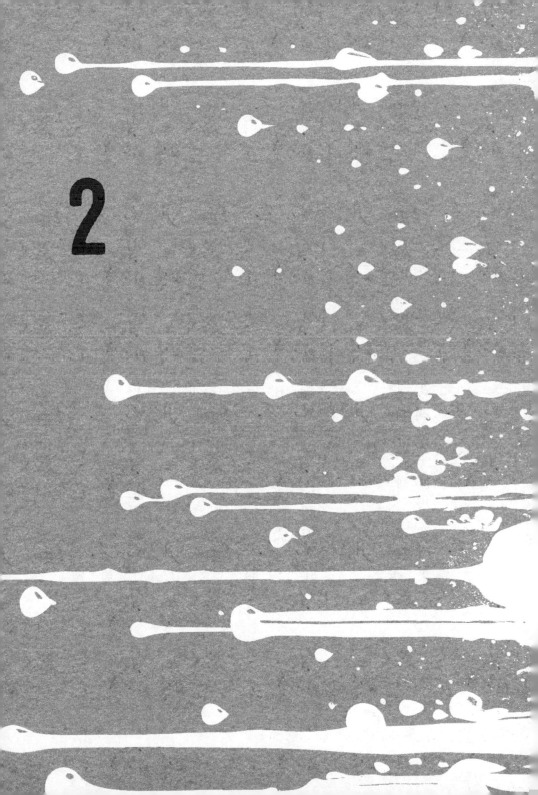

禮拜五天色破曉時，天氣溫和乾爽。阿爾卡迪歐法官對於一夜做愛三次的性能力相當自豪，這是他打從初嘗禁果就保持的次數，這天早晨，他跟情婦在最高潮時刻，扯斷了蚊帳的繩子，雙雙摔落地面，跟網子纏成一團。

「放著吧。」她低喃。「我晚一點再整理。」

他們光溜溜地從蚊帳出來，好似掙脫一團模糊不清的星雲。阿爾卡迪歐法官到衣箱找乾淨的內褲穿。待他返回，情婦已經穿上衣服，正在整理蚊帳。他沒看她，逕自從她身邊走過去，在床的另外一頭坐下來穿鞋，他的呼吸紊亂，還未從剛才的歡愛中恢復。她跟了過來。她把圓滾滾的肚子緊貼他的手臂，然後想咬他的耳朵。他輕輕地推開她。

「讓我安靜一下。」他說。

她迸出爽朗的大笑。她跟著法官到房間的另一頭，伸出食指在他腰部搔癢。「喔，小驢子。」她說。他跳了起來，揮開她的手。她再一次笑出來，不再騷擾他，但突然間，她板起臉大叫：

「老天哪！」
「怎麼了？」他問。
「門是完全打開的。」她尖叫。「真是太丟臉了。」
她大笑不止，進入了浴室。
阿爾卡迪歐法官沒打算喝咖啡。他出了門，聞到嘴裡牙膏的薄荷味，感覺精神抖擻。外面已灑落金黃陽光。敘利亞人坐在他們的雜貨店門口凝視平靜的河水。經過西拉爾多醫生的診所時，他用指甲刮了刮鐵紗門，但沒停下腳步就大喊著：
「醫生，有什麼治頭痛的妙方嗎？」
醫生從裡面回答：
「前一晚不要喝酒。」
港口有一群女人正在高聲談論前一天晚上出現的一張新黑函。這一天的破曉，天高氣爽，參加五點鐘彌撒的女人都看過黑函，此刻內容已經傳遍全村。阿爾卡迪歐法官沒有停下腳步。他感覺自己像頭牛，被人拉住金屬鼻環，拖進了撞球間。他點了一瓶冰涼的啤酒和一顆止痛錠。時間剛過九點，但裡面已經人聲沸騰。

「全村的人頭都痛了。」阿爾卡迪歐法官說。

他拿著啤酒往一張桌子走去，桌邊的三個男人正對著他們的空玻璃杯發愣。他在沒人坐的空位坐下來。

「又有黑函？」他問。

「今天早上出現四張。」

「大家讀過的那張是拉葛兒．康特雷拉斯的黑函。」其中一個人說。

阿爾卡迪歐法官咀嚼完止痛錠，就著瓶口配啤酒喝下肚。喝下第一口時，他感到反胃，但等到胃部舒服許多，他感覺自己又活了過來，好似什麼事都沒發生。

「黑函說了些什麼？」

「蠢話。」男人說。「說什麼她今年出遠門不是去整牙而是去墮胎。」

「這是大家都知道的傳言，何必浪費力氣貼黑函。」阿爾卡迪歐法官說。

他離開撞球間，外面的毒辣陽光，刺痛了他的雙眼，不過黎明時的不適已經消失無蹤。他直接到法院去。他的秘書是個瘦巴巴的老先生，他正在給一隻母雞拔毛，看到法官時，他那不敢置信的目光越過了金屬鏡框，朝前方投射過去。

「這是奇蹟嗎？」

「有麻煩事，不解決不行。」法官說。

他的秘書穿著拖鞋走到院子，將毛拔到一半的母雞交給柵欄另一頭的旅館廚娘。阿爾卡迪歐法官上任已經十一個月，這回還是第一次在辦公桌前坐下來。

他的辦公室骯髒破舊，由一個木柵欄隔成兩區。靠外的那區有一張木頭長凳，上方掛著一幅畫，畫中是手持天秤和蒙住雙眼的公正女神。裡邊的那區擺著兩張對放的舊辦公桌、一個書本落滿灰塵的書櫃，和一臺打字機。法官辦公桌上方的牆上掛著一個銅十字架。正對的牆上則是一幅裱框的石板印刷畫：一個禿頭的胖男人，臉上掛著微笑，胸前斜掛著一條總統肩帶，下面有一行燙金刻字：「和平與正義。」這幅石板印刷畫是辦公室內唯一的新東西。

他的秘書用手帕遮住臉，拿起雞毛撣子拂落辦公桌的灰塵。「遮個鼻子吧，不然小心噴嚏打不停。」他說。阿爾卡迪歐法官沒有理會他的建議。他坐在旋轉椅上往後躺，伸直雙腳試試椅子的彈簧。

「不會摔倒吧？」

他的秘書搖搖頭。「維特拉法官遇害時，彈簧全都外露了。」他說。「不過已經修好了。」他沒摘下手帕繼續說：

「換了政府之後，村長派人修好椅子，接著派出各種調查員。」

「村長希望法院正常運作。」法官說。

他打開辦公桌的中央抽屜，拿出一串鑰匙，然後一個接著一個，打開所有的抽屜。抽屜裡面塞滿文件。他大略檢查了一下，用食指掀起，確定沒什麼需要特別注意的，又鎖好抽屜，整理辦公桌上的用品：一個玻璃墨水瓶和一個紅色和一個藍色墨水皿，每個墨水皿各有一支同色的鋼筆。墨水已經乾涸。

「村長欣賞您。」秘書說。

法官搖著椅子，那黯然的眼神盯著秘書在清潔扶手。秘書回望他，彷彿想永遠記住這一瞬間，他舉起食指對他在天光下的姿勢說：

「維特拉法官遭槍殺時，就是您現在這個姿勢，分毫不差。」

法官摸了摸太陽穴浮起的青筋。又開始頭痛了。

「當時我在場。」秘書繼續說，他指向打字機，走出柵欄到外區。他繼續述說經過，身體靠著扶手，把雞毛撢子當作獵槍對準阿爾卡迪歐法官。他像是西部牛仔電影裡的攔路搶匪。「那三個警員就是這個姿勢。」他說。「維特拉法官來不及看清楚他們，他高舉雙手，用非常慢的速度說：『不要殺我。』可是一眨眼椅子倒向一邊，他身中數槍倒在另外一邊。」

阿爾卡迪歐法官雙手緊壓頭部。他感覺大腦在抽動。秘書拉下手帕，把雞毛撢子掛在門後面。「他在爛醉如泥時，說出他在這裡是為了確保乾淨投票，結果引來殺身之禍。」他說。他停了下來，看著阿爾卡迪歐法官，後者雙手抱著肚子，趴在辦公桌上。

「您不舒服嗎？」

法官答是。他告訴秘書前一晚的事，要他去撞球間幫他拿一顆止痛錠和兩瓶冰啤酒。阿爾卡迪歐法官毫不後悔地喝下啤酒。喝完一瓶後，他變得神清氣爽。

秘書在打字機前坐下來。

「那現在我們該做什麼？」他問。

「什麼都不用做。」法官說。

「那麼，請容許我去找瑪莉亞，我要幫她拔雞毛。」

法官不答應。「這裡是主持正義的辦公室，不是做些拔雞毛的雜事。」他說。他帶著同情，把下屬從頭到腳細細打量一遍，接著又說：

「另外，您應該把那雙拖鞋丟到垃圾堆，改穿鞋子來辦公室。」

隨著接近正午，天氣越來越熱。十二點時，阿爾卡迪歐法官已經喝完一打啤酒。他悠遊在回憶中。他昏昏欲睡，感覺一股焦慮襲來，他毫無保留地談起一段過去，在那些到海邊度過的漫長禮拜天，他躲在門廳的大門後面，跟一個飢渴的黑白混血女郎站著歡愛。「那時就是過著這樣的日子啊。」他一邊用拇指和食指敲打一邊說，秘書滿臉訝異，安靜聆聽，一股勁兒地點點頭。阿爾卡迪歐法官感覺頭昏腦脹，可是回憶卻越來越鮮明。

當鐘樓傳來一點的鐘聲，秘書開始面露不耐。

「湯都冷了。」他說。

法官不准他起身。「要在這種村莊裡，遇到一個天賦異稟的人，實在機會難得。」他說，秘書熱得筋疲力竭，只得趕緊謝過他，然後換了一下坐姿。這真是一個漫長無盡頭的禮拜五。在發燙的鐵皮屋頂底下，他們兩人又聊了半個多小時，而外面的村莊正在午覺時間的滾水中沸騰。筋疲力竭到了極點之後，秘書開始說起他對黑函的想像。阿爾卡迪歐法官聳聳肩膀。

「你也關注那件蠢事啊。」他說，這是他第一次改用「你」稱呼他。

秘書不想再閒聊下去，他又餓又熱，力氣已經耗盡，但是他不覺得黑函是蠢事。「已經出現第一個受害者。」他說。「再繼續下去，我們接下來的日子不會好過。」接著，他說起一座村莊在七天內被黑函摧毀的事件。最後村民互相殘殺。活下來的人把他們親人的屍骨挖出來帶走，決定再也不回來。

法官一臉嘲諷，一面聽他述說，一面慢慢解開襯衫的鈕釦。他心想，他的秘書是個恐怖故事迷。

「這是偵探小說裡最不用花腦筋的案件。」他說。

他的下屬搖搖頭。阿爾卡迪歐法官說，他在大學時曾經參加一個破解謎團的組織。每個成員讀懸疑小說，努力找出關鍵線索，到了禮拜六，大家再聚在一起解謎。「我從沒失敗過。」他說。「當然，我能勝出，全靠從經典作家身上學到的知識，而他們發現了一套能夠識破任何謎團的人生邏輯。」他舉了一個例子：有個男人在晚上十點登記入住一間旅館，他爬上自己的房間，隔天早上，當女服務生送咖啡去給他時，卻發現他躺在床上氣絕身亡，身體已經腐爛。根據驗屍結果，這位前一晚抵達的旅客已經死亡八天。

秘書站了起來，關節發出長長的一聲嘎吱響。

「您的意思是，他到旅館時已經死了七天。」秘書說。

「這個故事是十二年前寫的。」阿爾卡迪歐法官無視他的打斷繼續說下去。「但是關鍵線索卻是來自公元前五世紀的古希臘哲學家赫拉克利特。」

他準備要解謎，秘書卻氣瘋了。「自從天地形成之後，從來沒有人能揪出是誰發的黑函。」他用粗暴的語氣說。阿爾卡迪歐法官睜著那雙狡詐的眼睛瞅著他看。

「我跟你打賭，我會找出是誰貼的。」他說。

「賭就賭。」

對面的房子裡，蕾貝卡·德阿西斯在悶熱的臥室裡喘不過氣，她把頭埋在枕頭上，想睡午覺卻怎麼也睡不著。她的兩邊太陽穴貼著膏布。

「羅貝托。」她說，轉向了她的先生。「你再不開窗戶，我們都要熱死了。」

羅貝托．阿西斯打開窗戶，碰巧這一刻，阿爾卡迪歐法官離開了他的辦公室。

「試著睡一下。」他哀求他曲線畢露的妻子，她躺在一頂玫瑰粉色的網織頂篷裡，張開雙臂，全身光溜溜的，除了輕薄的尼龍襯衫什麼也沒穿。「我跟妳保證不會再想。」

她發出一聲喟嘆。

羅貝托．阿西斯一整夜都在臥室裡踱圈子，抽完一根菸，又再拿菸蒂點燃另一根，他就是睡不著。凌晨時分，他差點抓到貼黑函的人。他聽見屋前傳來紙張的窸窣聲，和雙手不斷撫平牆上那張紙的摩擦聲。但是，當他恍然大悟時早就為時已晚，黑函已經貼在那裡了。他打開窗戶時，廣場上空無一人。

從那一刻起，他的妻子費盡脣舌安撫他，到了下午兩點，終於得到他保證不再想那張黑函的事。她在最後使出了絕招：她要丈夫在場，聆聽她向安赫神父高聲告解，以證明她的清白。這個等同羞辱的舉動確實奏效。他雖然頭昏腦脹，卻不敢做到這一步，因此不得不屈服於妻子的要求。

「有話直說。」她說，並沒有張開眼睛。「你默不作聲，會悶出問題。」

他走出房間，拉上了門。寬闊的屋內門窗完全緊閉，他在昏暗中清楚聽見母親的電風扇嗡嗡作響，她正在隔壁的屋子裡睡午覺。他替自己倒了一杯冰箱裡的檸檬水，黑人廚娘在一旁，睜著昏昏欲睡的雙眼看著。

廚娘待的位置相當涼爽，她問羅貝托是否要用午餐。他打開鍋蓋。一隻烏龜四腳朝天浮在滾沸的水面。他每次想到動物是活生生地被丟進鍋子裡，切成塊端上桌時心臟可能還怦怦地跳，總會感到心底發毛，但這是他第一次感覺到平靜。

「我不餓。」他蓋上鍋蓋說。接著他在門口又多說了一句：「太太也不吃午餐。她頭痛了一整天。」

他們這兩棟屋子是經由一條綠色的磚面走廊相通，從走廊上可以看見兩家共有院子盡頭的鐵絲網雞舍。他母親那一頭走廊的屋簷下，掛著幾個鳥籠，和許多綻放花朵、色彩鮮豔的盆栽。

他七歲的女兒躺在椅子上跟他打招呼，她剛從午覺中甦醒，語氣滿是抱怨。她的臉頰上還留著亞麻布的印痕。

「快三點了。」他的說話聲非常低沉，接著他又語帶哀傷地說：「快點打起精神。」

「我夢見一隻玻璃貓。」小女孩說。

他忍不住身體一顫。

「長什麼樣子？」

「全身都是玻璃。」小女孩說，她比手劃腳，試著描繪夢裡的動物。「就像玻璃鳥，但那是一隻貓。」

他站在大太陽底下，彷彿在一座陌生的城市裡迷了路。「忘了那隻動物。」他呢喃。「不值得記住那種東西。」這一刻，他看見母親站在臥室門口，感覺自己得救了。

「妳好多了。」他肯定地說。

阿西斯的寡婦面露苦澀地回應。「我一天比一天更好，是為了能夠投票。」她一邊抱怨，一邊把豐盈的鐵灰色頭髮紮成髮髻。她到走廊上給鳥籠換水。

羅貝托．阿西斯倒臥在女兒睡過午覺的躺椅，後腦勺枕在雙手上，失去生氣的雙眼注視著母親的身影，她乾癟瘦小，全身黑色打扮，正在低聲跟鳥兒說話。鳥兒跳進乾淨的水中，興奮地拍動翅膀，把水潑濺到她臉上。阿西斯的寡婦換完水，向兒子澄清她的疑問。

「你沒上山。」她說。

「我沒去。」他說。「我有些事要忙。」

「禮拜一再去吧。」

他用眼神表示贊同。有個打赤腳的黑人女僕走過客廳，準備帶小女孩去學校。阿西斯的寡婦在走廊上等她們出門。接著她示意兒子跟她到寬敞的臥室，裡面的電風扇嗡嗡作響。她往破舊的籐編搖椅一躺，對著電風扇直吹，一副筋疲力竭的模樣。白色的石灰牆上，掛著一幅幅花邊銅相框，上面是舊時的孩子照片。羅貝托．阿西斯躺上那張超大尺寸的床，照片裡的幾個孩子就在這張床上不甘心地死亡、老去，包括他的親生父親在內，而那是去年十二月的事。

「發生了什麼事？」他的寡婦母親問。

「妳相信村民的傳言嗎？」他反問。

「到了這把年紀，我什麼都得相信。」寡婦回答。接著，她冷然地問：「他們在傳什麼？」

「蕾貝卡．伊莎貝不是我的女兒。」

寡婦開始緩緩地搖動椅子。「她有阿西斯家的鼻子。」她說。思索了半晌，她心不在焉地問：「是誰說的？」羅貝托．阿西斯啃咬他的指甲。

「有人貼黑函。」

就在這一刻，寡婦恍然大悟，原來兒子的黑眼圈並不是因為長期失眠的沉澱而來。

「黑函並不是人。」她下結論。

「但是黑函說的是大家都知道的傳言。」羅貝托．阿西斯說。「即使有人不相信。」

然而，她知道多年來這座村莊對他們家的所有傳言。在他們家這樣的屋子裡，有許多女僕、養女和接受庇護的女人，她們各種年紀都有，即使關在臥室內，也無法杜絕街上謠言對他們家的追逐。阿西斯一家顛沛流離，他們創立村莊當時只是個養豬戶，血液卻流著能吸引謠言的甜味。

「即使聽了傳言，也不能說那就是真的。」她說。

「每個人都知道羅莎里歐．德蒙特羅跟帕斯特有一腿。」他說。「他的最後一首歌是獻給她的。」

「每個人都在傳，可是沒有人能確定是不是真的。」寡婦回答。「現在，聽說那首歌是獻給瑪格特．拉米瑞茲的。他們正準備要結婚，這件事只有他們兩個和帕斯特的媽媽知道。他不該小心翼翼地守著這個在村裡唯一守住的秘密，這實在太不值得了。」

羅貝托·阿西斯看著母親，突然間打起精神。「今天早上，我一度以為自己活不下去。」他說。寡婦聽了似乎並不吃驚。

「阿西斯家的人生性善妒。」她說。「這是這個家最大的不幸。」

他們沉默了好一陣子。時間接近四點，熱氣開始散去。當羅貝托·阿西斯關掉電風扇，整棟屋子已經甦醒，充滿了鳥鳴和女人的說話聲。

「把夜桌上的小瓶子拿給我。」寡婦說。

她吞下兩顆灰色藥丸，圓圓的藥丸彷彿兩顆養珠，接著她把瓶子還給兒子說：「你也吃兩顆吧，能幫助入睡。」他喝掉母親杯子裡剩餘的水，將兩顆藥丸吞了下去，然後把頭靠在枕頭上。

寡婦嘆了口氣。她若有所思，安靜了半晌。接著，她一如往常，把其他六戶跟他們家境差不多的人家當作全村來議論，她說：

「這座村莊，最糟糕的是，當男人上山時，女人必須獨守空閨。」

羅貝托·阿西斯開始不敵睡意。寡婦看著他沒刮鬍子的下巴，尖挺的鼻子，想起了她過世的丈夫。阿塔爾貝托．阿西斯也了解這種沮喪。他是個鄉下粗人，體型魁梧，一輩子只戴過賽璐珞假領十五分鐘，為的是拍攝一張擺在夜桌上的銀版照片。據傳，他曾在這個臥室殺死一個把他的妻子拐上床的男人，然後把他偷偷埋在後院裡。但真相並非如此：阿塔爾貝托．阿西斯拿獵槍殺死的是一隻小猴子，當時牠坐在房間的屋梁上，一邊盯著他的妻子換衣服一邊手淫。四十年後，他嚥下了最後一口氣，死前依舊沒辦法澄清傳聞。

安赫神父一階接著一階，爬上了陡峭的寬距樓梯。到了二樓，走廊的牆壁掛著獵槍和彈匣腰帶，盡頭有一名警員，他正仰躺在一張露天單人床上讀東西。他全神貫注地閱讀，因此沒留意神父的出現，直到聽到一聲問候。他捲好雜誌，起身坐在床上。

「您在讀什麼？」安赫神父問。

「《特里與海盜》。」

神父不斷打量三間水泥牢房，裡面沒有窗戶，從外面用粗鐵棍上鎖。

中間的牢房裡頭，還有一個警員躺在吊床上睡覺，他只穿一件內褲，兩腿張得開開的。其他兩間都空無一人。安赫神父問起西薩．蒙特羅在哪裡。

「在那裡。」警員抬起頭指向一扇關上的門。「指揮官的房間。」

「我能跟他說話嗎？」

「他正在接受隔離監禁。」警員說。

安赫神父沒繼續堅持。他問犯人是否安好。警員回答他待的是營區最好的房間，採光好，也有自來水可用，但是他已經二十四小時沒有進食。他拒絕村長下令旅館準備的食物。

「他害怕被下毒。」警員說。

「你們應該請他家送來飯菜。」神父說。

「他不想要有人騷擾他的妻子。」

神父彷彿喃喃自語般地說：「我會跟村長討論這些事。」他想走到走廊的盡頭，村長派人在那裡替自己打造了一間銅牆鐵壁般的辦公室。

「他不在那裡。」警員說。「他臼齒痛，已經在家待了兩天。」

安赫神父前去拜訪他。他躺在吊床上，一旁有一張椅子，上面擺著一罐鹽水，一包止痛錠，和左輪手槍以及彈匣腰帶。他的臉頰依然腫脹。安赫神父拉了一張椅子到吊床邊。

「放他出來吧。」他說。

村長往尿盆吐了一口鹽水。「說得簡單。」他說，然後繼續俯身對著盆子沒有抬起頭。安赫神父明白他的意思。他把聲音壓得非常低說：

「請您允許我跟牙醫談談。」他做了個意味深長的暗示，接著又大膽地說：「他是個聰明人。」

「跟驢子一樣固執。」村長說。「除非拿槍逼他，否則我們不會有進展。」

安赫神父的視線跟著他到洗手臺。村長扭開水龍頭，把腫脹的臉頰湊到清涼的水柱下面，他的樣子飄飄然，就這樣好一會兒。接著他咀嚼止痛錠，掬飲自來水。

「說真的，」神父不死心地說。「我可以跟牙醫談談。」

村長露出不耐煩的表情。

「悉聽尊便，神父。」

他仰面躺上吊床，閉上雙眼，後腦勺枕著雙手，呼吸的節奏充滿怒氣。牙疼開始退去。他再次睜開眼睛，神父就坐在吊床邊，默默看著他。

「什麼風把您吹來。」村長問。

「西薩．蒙特羅。」神父開門見山說。「這個男人需要告解。」

「他正在接受隔離監禁。」村長說。「等明天完成初步調查，他就能向您告解。禮拜一會請您過來。」

「他已經被關了四十八個小時。」神父說。

「而我這顆臼齒已經痛了兩個禮拜。」村長說。

這間昏暗的房間開始出現蚊子的嗡嗡響。安赫神父瞥了一眼窗戶，看見河面上方漂浮著一朵染成鮮豔粉彩的雲。

「吃飯的問題呢？」他問。

村長下了吊床，關上陽臺的門。「我已經善盡責任。」他說。「但是他不想要有人叨擾他的太太，也不吃旅館的飯菜。」他拿起幫浦在裡面噴灑殺蟲劑。安赫神父不想打噴嚏，他翻找口袋，但沒找到手帕，只找到一封縐巴巴的信。「哎呀！」他驚呼，試著用手指把信撫平。村長停止噴灑。神父遮住鼻子，不過這個動作於事無補：他連打兩次噴嚏。「神父，想打噴嚏就打吧。」村長對他說。接著他刻意裝出微笑強調：

「我們是在民主時代啊。」

安赫神父也回以微笑。他拿出封好的信件說：「我忘了寄這封信。」他在袖子裡找到手帕，擦了擦受到殺蟲劑刺激的鼻子。他繼續掛念著西薩·蒙特羅。

「你們這是要他活不下去。」

「那是他自討苦吃，」村長說。「我們總不能把飯菜硬塞到他嘴裡。」

「我擔憂的是他的良心。」神父說。

神父繼續拿著手帕捂住鼻子，他的視線跟著村長的身影，看著他噴完殺蟲劑。「他害怕被下毒，代表良心相當不安。」他說。村長把幫浦放在地上。

「他知道大家都喜歡帕斯特。」他說。

「大家也喜歡西薩・蒙特羅。」神父回答。

「但是死的人湊巧是帕斯特。」

神父盯著信看。天色轉為紫紅色。「帕斯特。」他低喃。「他來不及告解。」村長點亮了燈，然後躺上吊床。

「明天我會好一點。」他說。「等初步調查結束，他就能告解。您覺得如何？」

安赫神父同意了。「這是為了讓他的良心得到平靜。」他堅持地說。他站了起來，動作謹慎而隆重。他勸村長不要吃太多止痛錠，村長回答他別忘了那封信。

「還有一件事，神父。」村長說。「想辦法跟牙醫溝通。」他看著已經開始下樓梯的神父，再一次露出微笑說：「一切處理妥當，就能維持和平。」

郵局局長坐在辦公室門口凝視下午的消逝。安赫神父把信交給他，他拿了信走進郵局，用舌頭舔舐一枚十五分錢的郵票，這是航空郵件，還要收取額外的處理費用。接著他翻找辦公桌的抽屜。當街燈亮起，神父放了幾枚硬幣在扶手上面，然後不告而別。

局長繼續搜索抽屜。半晌過後，他不想再翻找文件，便用墨水在信封的一角寫上：沒有五分錢郵票。然後在下面簽名，蓋上了郵戳。

這天晚上，誦完《玫瑰經》之後，安赫神父發現聖水槽浮著一隻死老鼠。蒂妮姐正在聖器室架捕鼠器。神父從尾巴拎起了老鼠。

「妳差點闖禍。」他把死老鼠拿在蒂妮姐的面前晃呀晃。「妳不知道有些信徒會把聖水裝進瓶子，帶回去給他們生病的家人喝嗎？」

「會有什麼問題嗎？」蒂妮姐問。

「有什麼問題？」神父說。「病人會喝下加了砒霜的聖水。」

蒂妮姐提醒神父，他還沒給錢買砒霜。「那是石膏。」她說，接著她說她在教堂各個角落放石膏；老鼠吃了石膏，不久口渴難耐，到聖水槽找水喝。石膏在牠的胃裡凝結成塊。

「不管怎麼說，」神父說。「妳還是用砒霜罐裝的。我不想再有老鼠死在聖水裡。」

蕾貝卡·德阿西斯帶領天主教夫人團，正在神父的辦公室裡等著。神父把買砒霜的錢給蒂妮妲，回到辦公室對她們說裡面很熱，便在工作桌邊坐下，面對安靜等他的三位夫人。

「各位敬愛的夫人，恭候差遣。」

她們互相對望。這時蕾貝卡·德阿西斯打開了一面日本風景畫的扇子，直接說明來意。

「神父，是有關黑函的事。」

她用委婉的語氣，像是說童話故事一般，描述村民的惶恐。她說，帕斯特的死雖然「完全是個人糾紛」，他們有頭有臉的大戶人家卻不得不擔心黑函的事。

三人中年紀最大的是亞妲西莎・摩托亞，她撐在洋傘的握把上，把話說得簡潔明瞭。

「我們天主教夫人團決定插手管這件事。」

安赫神父思索了幾秒。蕾貝卡・德阿西斯深深地吸了一口氣，神父不禁問自己，這個女人怎麼散發這麼溫暖的香氣。她光彩照人，如花似玉，肌膚賽雪，而且活力四射。神父不知該把視線擺在哪裡，他說：

「我認為，我們不該隨謠言起舞。我們應該遠離謠言的散布，繼續遵守天主的法則，這是我們到現在一直在做的事。」

亞妲西莎・摩托亞點點頭同意他的話。不過，其他兩人可不這麼想，她們認為「這場存在已久的災難，可能招致不堪的後果」。在這一刻，電影院的擴音器傳出沙沙響，安赫神父往額頭拍了一下。「不好意思。」他說，並在書桌抽屜翻找天主教的禁播電影名冊。

「今天播什麼電影？」

「《宇宙海盜》。」蕾貝卡・德阿西斯說，「那是一部戰爭片。」

安赫神父從字母排列尋找，喃喃念出電影名稱，食指沿著長長的分類清單往下滑。他停下動作翻頁。

「《宇宙海盜》。」

他的手指往橫的方向搜尋道德類別，這時他聽見電影院老闆的聲音，而不是預期的音樂。他宣布因為天氣不好，暫停播映電影。其中一位夫人解釋，電影院老闆作出這個決定，是怕大雨打斷放映，若是還沒播到中場，觀眾會要求退費。

「可惜。」安赫神父說。「那是一部老少咸宜的電影。」

他闔上禁播電影名冊，接著說：

「我說過，這是一座遵守天主法則的村莊。十九年前，當我被派到這座教區，有十七個名門望族公然姘居。到了今日只剩一個，我希望完全歸零那天很快來臨。」

「我們來這裡，不是為了自己，」蕾貝卡．德阿西斯說，「而是可憐的村民……」

「不需要擔心。」神父無視於她的打斷，繼續說下去。「睜大眼睛看看，這座村莊改變了這麼多。那個時候，有個俄羅斯芭蕾舞伶在鬥雞場，演出專門給男人看的秀場，演到最後她公開拍賣所有穿戴在身上的東西。」

亞妲西莎・摩托亞打斷他的話。

「確實沒錯。」她說。

她的確把這樁聽來的醜聞記得一清二楚：當那個芭蕾舞伶脫得光溜溜時，有個老頭子在鬥雞場裡大吼大叫，他爬上最後一階，尿在觀眾的身上。聽說，其他的男人有樣學樣，最後在一片瘋狂的叫囂聲中，互相尿在對方身上。

「現在，」神父繼續說。「這座村莊在宗座監牧區是最守法則的一個。」

神父抓緊自己的理論。他以自己為例，說明他在對抗人類的軟弱與缺點的過程，曾經遭遇困難時刻，最後，因為天氣太熱，幾位天主教夫人筋疲力竭，注意力渙散。蕾貝卡・德阿西斯再次打開扇子，這時安赫神父發現了香味從哪裡飄來。檀木的香氣在辦公室的燠熱中凝結成晶。神父從袖子拿出手帕遮住鼻子，以免打噴嚏。

「同時，」他繼續說。「這座聖堂是宗座監牧區最貧困的一座。鐘已經破損，正廳鼠滿為患，因為我把人生奉獻在倡導道德與善良風俗。」

他鬆開衣領鈕釦。「任何年輕人都做得來勞動工作。」他說，並站了起來。「想要重建道德，則是需要多年培養的堅毅不拔和老練的經驗。」

蕾貝卡·德阿西斯舉起那晶瑩剔透的手，上面戴著的一只祖母綠戒指遮去婚戒的光芒。

「因此，」她說。「我們認為那些黑函會毀掉您的心血。」

這時，她們當中唯一保持安靜的那一位趁著空檔插話。

「而且，我們認為國家尚未完全復原，眼下的這場災難可能會是絆腳石。」

安赫神父從櫃子翻出一把扇子，慢條斯理地搧起風。

「這是兩碼子事。」他說。「我們的政治正在度過艱困的時刻，但是家庭的道德是乾淨無瑕的。」

他站在三位夫人面前。「再過幾年，我將能告訴宗座監牧主教，我把這裡變成模範村莊。現在，這裡只欠一個有幹勁的年輕小伙子來蓋一座宗座監牧區最好的教堂。」

他無精打采，行了一個鞠躬禮，接著說：

「到那個時候，我便能安詳地躺在先祖的墓園裡長眠。」

夫人們紛紛抗議。亞妲西莎．摩托亞表達了大家的看法：

「神父，這裡是您的村莊。我們希望您可以留在這裡直到最後一刻。」

「如果要蓋一間新教堂，」蕾貝卡．德阿西斯說。「我們現在就可以進行。」

「一切自有時間的安排。」

接著，他換一種語氣繼續說：「目前我不希望垂老還領導教區。我不希望像溫和的安東尼奧．伊沙貝爾．德阿爾塔．卡斯塔聶達．蒙特羅神父一樣，他曾經告知主教，鳥屍從天摔落，像雨一樣下在他的教區。主教派調查員前去，卻找到他跟一群孩子在廣場上玩警察抓小偷。」

夫人們一臉疑惑。

「這個人是誰？」

「他是接替我在馬康多的神父。」安赫神父說。「他一百歲了。」

3

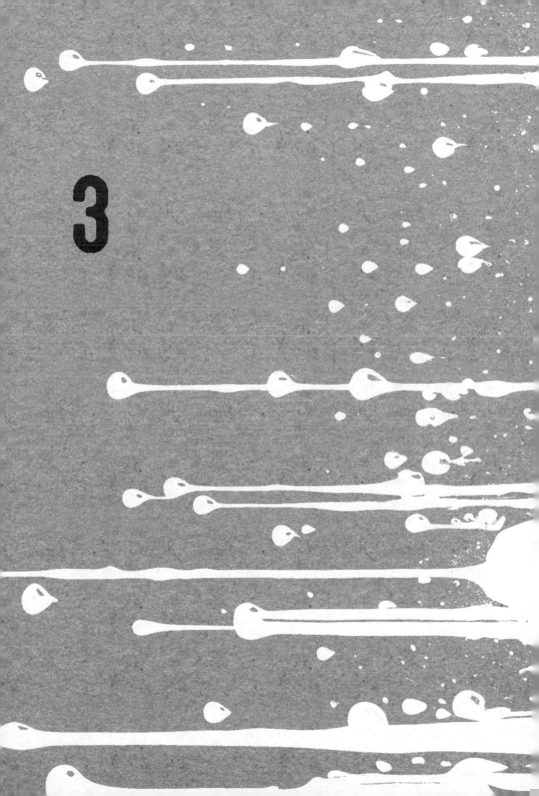

九月末尾那幾天，天氣預告了嚴酷的冬季將至，到了週末，無情的場景已經出現。禮拜天，村長一整天都躺在吊床上咀嚼止痛錠，與此同時，氾濫的河水肆虐低處的社區。

禮拜一黎明，雨勢第一次暫歇，村民花了好幾個小時整理門面。撞球間和理髮店一大早開門營業，但是大多數房子依然到十一點才打開大門。卡爾米蓋耶先生第一個目睹人們把房屋搬往高處，心底升起了恐懼。人群吵吵鬧鬧，他們挖出地底的木樁，遷走整棟簡陋的棕櫚葉泥牆屋。

卡爾米蓋耶先生躲在理髮店的屋簷下，拿著一把撐開的傘，凝視這一幕浩大工程，理髮師將他從出神中拉回。

「他們應該等到雨過天晴。」理髮師說。

「雨不可能下兩天就會停。」卡爾米蓋耶先生說，他收起了雨傘。「我是從雞眼知道的。」

搬運房子的男人們，腳踝踩進爛泥，腳步踉蹌，經過理髮店時，往店外牆碰撞。卡爾米蓋耶先生看著那拆空的屋內，完全被剝奪私密性的臥室，有一種大禍臨頭的感覺。

天色像是早晨六點，但是他的肚子告訴他，已經快中午十二點。雨開始下時，敘利亞人摩西邀他進店內坐坐。卡爾米蓋耶先生又說出那句二十四小時內雨不會停的預言。他猶豫一下，跳上隔壁屋子的人行道上。一群年輕孩子正在玩打仗遊戲，去出一顆泥球擊中牆壁，差幾公尺就打中他剛燙過的褲子。敘利亞佬耶里亞斯拿著掃帚衝出他的店，用一口混合阿拉伯語和西班牙語像是代數難懂的語言，威脅那群孩子。

那群孩子開心地跳起來。

「土耳其懶鬼。」

卡爾米蓋耶先生確認西裝乾淨無瑕。這時他收起雨傘，進入理髮店，直接走向了椅子。

「我總說您是個謹慎的人。」理髮師說。

他拿起一條圍布綁在卡爾米蓋耶先生的脖子上。卡爾米蓋耶先生聞到薰衣草水的香味，有種置身在牙醫診所的錯覺，想到在那裡的冰冷空氣，他感到心神不寧。理髮師從脖子的細毛開始剪。卡爾米蓋耶先生頗不耐煩，視線搜尋著什麼可以讀的東西。

「有沒有報紙？」

理髮師沒停下手。直接回答：

「全國只有官方報紙可看，只要我還有一口氣，那些報紙就不會出現在這棟屋子裡。」

卡爾米蓋耶先生只能瞪著他那雙表皮龜裂的鞋子看，直到理髮師問起蒙堤耶的寡婦。他剛離開她家。他當荷西．蒙堤耶的會計非常多年，在他死後，升為管理他們家族生意的總管。

「還是老樣子。」他說。

「有人活不下去。」理髮師彷彿自言自語。「她卻獨有那一大片騎馬五天才能穿越的土地。她是個大地主，土地應該足足有十個市大。」

「三個市。」卡爾米蓋耶先生說。然後他又用懇切的語氣說。「她是全世界最善良的女人。」

理髮師轉向鏡臺清潔彎刀。卡爾米蓋耶先生看著他在鏡中貌似山羊的臉，他再一次明白自己為什麼不曾對他感到敬重。理髮師盯著倒影說話。

「這種生意還挺不賴吧：我支持的黨派上臺，警察殺光我的政敵，到那個時候，我要隨便出價，買下他們的牲口和土地。」

卡爾米蓋耶先生垂下頭。理髮師再一次開始剪頭髮。「等選舉結束，」他下結論。「我就會變成坐擁三個市的土地的地主。即使政府改朝換代，我還是能呼風喚雨。告訴您，這是最穩當的生意，甚至不用製造偽鈔。」

「荷西・蒙堤耶在政治惡棍出現的許久以前就是個有錢人。」卡爾米蓋耶先生說。

「他那時還穿著內褲坐在稻米脫殼機旁吧。」理髮師說。「根據村裡流傳的故事，他一直到九年前才穿上牛平的第一雙鞋子。」

「儘管如此，」卡爾米蓋耶先生同意他的話。「蒙提耶的生意跟他的寡婦並不相干。」

「她是裝聾作啞。」理髮師說。

卡爾米蓋耶先生抬起頭。他拉鬆脖子的圍布，想透一點氣。「所以說，我最喜歡給我太太剪頭髮。」他抗議。「她不收錢，也不跟我談政治。」

理髮師壓低他的頭，閉上嘴巴繼續工作。他不時拿著剪刀在半空發出喀嚓聲，以展現超高的剪髮技巧。卡爾米蓋耶先生聽見街上傳來叫喊，從鏡子一瞧端倪：搬房子的婦女和孩童經過門前，每個人都帶著自己的家當。他語帶怨恨說：

「我們正在遭逢天災，你們卻滿腹政治仇恨。還在議論紛紛一年多前早已落幕的政治迫害。」

「遺棄我們也是一種迫害。」理髮師說。

「但是他們沒給我們致命一擊。」卡爾米蓋耶先生說。

「遺棄我們，任憑我們自生自滅，也是一種致命一擊。」

卡爾米蓋耶先生氣急敗壞。

「那是報紙的謠言。」他說。

理髮師閉上嘴巴。他往瓠瓜木盤擠上泡沫，拿起刷子塗在卡爾米蓋耶先生的後頸。「我這種有話不吐不快的人，」他道歉地說。「不是每天都能遇到像您這樣公正的人。」

「有十一個孩子要養的人，怎麼能不公正不阿。」卡爾米蓋耶先生說。

「說得是。」理髮師說。

他拿起剃刀往手掌拍了拍，安靜地刮掉他後頸的毛髮，接著用手指抹去皂沫，往褲子擦乾淨。最後，他拿一塊明礬摩擦他的後頸，默默完成了工作。

卡爾米蓋耶先生扣好衣領，這時他看盡頭的牆上釘著一張告示：「禁止談政治。」他抖落肩上的幾綹頭髮，把雨傘掛在手臂上，指著那張告示問：

「您怎麼不拿掉？」

「那不是給您看的。」理髮師說。「我們都認同您是個公正不阿的人。」

這一次，卡爾米蓋耶先生毫不猶疑地跳上人行道。理髮師的視線跟著他，直到他在街角轉彎，接著他望著泥漿滾滾的河流發愣。雨停了，但是村莊上空仍覆蓋厚厚的雲層。接近下午一點的時候，敘利亞佬摩西踏進理髮店，哀嘆頂上掉髮，反倒是後頸的頭髮長得特別快。

這個敘利亞佬每個禮拜一都來剪頭髮。平常他都會忍不住垂下頭，用阿拉伯語說夢話，留下理髮師高聲地自言自語。然而，這個禮拜一，他卻在聽到第一個問題時驚醒。

「您知道剛剛誰來過這裡？」

「卡爾米蓋耶。」敘利亞佬說。

「就是那個可悲的黑人卡爾米蓋耶。」理髮師一字一句肯定地說。「我討厭那種人。」

「卡爾米蓋耶不算人。」敘利亞佬摩西說。「他已經三年沒買過一雙鞋。但是做事手段跟搞政治一樣：閉著眼睛把帳算得一清二楚。」

敘利亞佬下巴垂到胸前，又準備開始打呼，但是理髮師站到他的面前，雙臂環抱胸前說：「該死，告訴我，您到底是站在哪一邊？」敘利亞佬面不改色地說：

「站在我自己這一邊。」

「這個選擇不好。」理髮師說。「您也聽過吧，您的老鄉耶里亞斯的兒子被打斷四根肋骨，這都怪荷西．蒙堤耶造孽。」

「耶里亞斯很氣兒子搞政治。」敘利亞佬說。「但現在那個孩子在巴西跳熱舞，而荷西．蒙堤耶也死了。」

村長飽受牙痛折磨，漫漫長夜無法成眠，房間裡亂七八糟，出門前，他將右邊臉頰刮得乾乾淨淨，卻不管左邊臉頰已經八天沒刮。接著，他穿上乾淨的制服，套上漆皮靴子，趁著雨勢暫歇時刻，去樓下的旅館吃午餐。

飯廳空無一人。村長邁開腳步，走過小桌子之間，在盡頭最隱蔽的角落坐了下來。

「面具！」他喊。

一個年輕的女孩向前招待，她穿著一套合身的短套裝，挺著豐滿的胸脯。村長沒多看她一眼，直接點了午餐。返回廚房路上，女孩打開飯廳盡頭層架上的收音機。這時播放的是新聞快報，節錄共和國總統在前一天晚上的一場演講，接著是一串禁止進口商品的最新名單。廣播員的聲音逐漸占據整個空間，四周也越來越熱。女孩端了湯過來，村長拿起制服帽搧風，希望別再流汗。

「我聽廣播也會汗流浹背。」女孩說。

村長開始喝湯。這間旅館冷冷清清，靠著偶爾投宿的旅客撐著，他一直認為這裡跟村莊的其他地方不同。其實，旅館比村莊還早建造。從內地來買收割後米糧的商人，在旅館搖搖欲墜的木陽臺上打牌，等待清晨熱氣散去之後方能入睡。奧雷里亞諾．波恩地亞上校在馬康多接受最後一場內戰的投降協定時，就在同樣的陽臺上睡了一晚，那個時候，村莊的方圓百里內還沒有任何村落。旅館的木板牆和鋅板屋頂，飯廳和許多客房內的厚紙板隔間。都一如當年，只差在沒有電燈也沒有衛浴間。根據一個老顧客說，一直到本世紀初，飯廳都掛著各種面具供客人使用，旅客戴上面具後，就在眾目睽睽下在院子解決衛生需要。

村長鬆開衣領，以便順利喝完湯。接著新聞快報之後，是詩句譜成的廣告。再接著是一首感性的波麗露舞曲。一個男人用清新的嗓音，唱著他深陷愛的泥沼，決定追尋一個女人，走遍天涯海角。正當村長仔細聆聽曲子，等待餐點陸續送來，卻看到兩個孩子扛著兩張椅子和一張搖椅，經過旅館的前面。他們後面跟著兩個女人和一個男人，他們帶著鍋子、托盤和其他家具。

他奪門而出大喊：

「那些雜七雜八的東西，是打哪兒偷來的？」

那兩個女人停下腳步。男人則是向村長解釋他們正在搬房子，遷往比較高的地勢。村長問他們要搬到哪裡去，男人拿著帽子指向南方。

「那邊上面，沙巴斯先生以三十塊披索租給我們的一塊地。」

村長細細檢查他們的家具。搖椅幾乎解體，鍋子也都破損，都是些窮人的東西。他思索半晌。最後他說：

「把這些東西和你們所有的家當，都搬到墓園旁邊的空地吧。」

男人一頭霧水。

「那是市政府的土地，不花你們半毛錢。」村長說。「市政府送給你們。」

接著，他又對兩個女人說：「把我的話轉告沙巴斯先生，請他不要當土匪。」

他品嘗餐點，草草結束午餐。接著他點燃一根菸。再用菸蒂點燃另外一根，兩邊手肘撐在桌面，沉思好長一段時間，收音機仍響著感性又使人瘋狂的波麗露舞曲。

「您在想什麼？」女孩收走空盤時問。

村長眼睛眨也不眨。

「想那些窮人。」

他戴上制服帽，穿過飯廳。他在門邊轉過身說：

「應該要設法改善這座村莊。」

走到轉角時，村長遇上一群狗兒血腥互鬥，停下了腳步。他看著眼前哀號不斷的混亂，只辨出狗背和狗腳，和幾顆掉落的牙，有一隻狗夾著尾巴拖著腳，從許多腳之間爬出來。村長讓到一旁，他繼續沿著人行道走到警局。

有個女人在牢房尖聲大叫，守衛趴在一張單人床上睡午覺。村長往床腳一踢。守衛從夢中驚醒。

「她是誰？」村長問。

守衛立正站好。

「貼黑函的女人。」

村長對他的下屬破口大罵。他想要知道是誰逮捕這個女人，又是誰下令把她關進牢房。局裡的警員大費周章地解釋一番。

「什麼時候把她關進來的？」

他們是在禮拜六晚上把她關起來的。

「放她出來，改關你們其中一個。」村長大吼。「就算這個女人睡在牢房，天亮時村子裡還是會出現黑函。」

牢房的厚重鐵門一打開，女人便嚷嚷著走出來，她已經有了年紀，但五官稜角分明，頭髮用髮簪固定成巨大的髮髻。

「下地獄吧。」村長對她說。

女人鬆開髮髻，甩了甩茂密的長髮好幾次，然後倉卒步下樓梯，嘴裡嚷嚷著：「媽的！媽的！」村長俯身從扶手往下看，卯足全力大喊，似乎除了要那個女人和警員聽清楚外，也要全村的人都聽見。

「別妄想繼續用黑函打擊我。」

細雨綿綿，安赫神父依然在傍晚出門散步。他跟村長有約，但是時間還早，因此他走到了鬧水災一帶。他只看到一具貓屍在花叢間載浮載沉。

返回途中，向晚已經轉為乾爽。天空覆蓋鮮豔明亮的顏色。一艘搭蓋防水布的駁船沿著靜止不動的混濁河面往下流。有個孩子從一間半倒塌的房子跑出來，大叫著他在一個海螺裡面找到了大海。安赫神父把海螺放在耳邊。大海的確在裡面。

阿爾卡迪歐法官的情婦坐在家門口，她雙手擱在肚子上，雙眼瞪著駁船看，像是神遊他方。往前再經過三棟房子就是雜貨店和便宜貨商品，面無表情的敘利亞佬坐在大門前。暮色消逝在鮮豔的粉色雲層與對岸的鸚鵡和猿猴的吵鬧聲中。

家家戶戶紛紛打開大門。廣場上骯髒的扁桃樹下，賣涼水的推車繞來繞去，男人們坐在鏽蝕的長凳上談天說地。安赫神父心想，每天到了下午的這一個時刻，村莊就會奇蹟似地轉換面貌。

「神父，您記得集中營的囚犯嗎？」

神父沒看見西拉爾多醫生，但是他想像醫生正面帶微笑在鐵花窗後面。老實說，他已經不記得那些照片，但是他相信自己曾經看過一次。

「請您到等候室。」醫生說。

安赫神父推開鐵紗門。有個孩子躺在一張蓆子上，看不太出來是男孩還是女孩，他瘦得只剩一把骨頭，僅貼著一層蠟黃的皮。有兩個男人和一個女人坐在室內門邊等待。神父沒聞到任何氣味，但是他心想那個孩子身上應該發出一股強烈的臭味。

「那是誰？」他問。

「我的兒子。」女人回答。接著她像是道歉一般解釋：「他從兩年前開始血便。」

病人轉動雙眼，視線看向門口，但是沒轉過頭。神父不由得感到一股深沉的憐憫。

「你們對他做了什麼？」他問。

「我們給他吃了好一陣子綠蕉。」女人說。「止瀉效果相當好，但是他不愛吃。」

「你們得帶他來告解。」神父說。

但是他說這句話時不太有信心。他小心翼翼地關上門，用指甲刮了刮鐵花窗，把臉湊過去看裡面的醫生。西拉爾多醫生正在磨缽裡的某個東西。

「那孩子得了什麼病？」神父問。

「我還沒替他檢查。」醫生回答，接著他若有所思地說：「神父，這些是依照天主旨意，發生在人們身上的事。」

安赫神父無視他的回答。

「我這一輩子看過的往生者，還沒有一個比那可憐的孩子更像死人。」他說。

他告別醫生。港口沒有任何船隻。天色開始暗下。安赫神父明白，他看過那個生病的孩子後，心情已經改變。他突然發現快來不及赴約，於是加快腳步往警察局而去。

村長頹坐在一張摺疊椅子上，雙手抱著頭部。

「您好。」神父拉了長長的語調說。

村長抬起頭，神父乍見他那雙充滿絕望的紅腫眼睛，不禁身子發抖。他的一邊臉頰剛刮除鬍鬚，顯得神清氣爽，但是另一邊臉頰像是抹了一片泥灰，邋遢不堪。他開口回答，那像是一句默聲的抱怨：

「神父，我要開槍自殺。」

安赫神父感到一股驚愕爬上心頭。

「您服用太多止痛錠，中毒了。」他說。

村長抬起腳踢牆壁，接著雙手抓頭髮往木板猛撞。神父不曾目睹這般強烈的痛苦。

「再吃兩顆吧。」神父說，但心裡明白這是個自相矛盾的解法。「再吃兩顆就不會想死。」

他不只真的明白，也感到自己在面對人類的痛苦時手足無措。他的視線在空無一物的大廳中搜尋止痛錠的蹤跡。牆壁邊有六張皮革凳子，一個裝著滿布灰塵的文件玻璃櫃，一個掛在釘子上的共和國總統石版畫像。唯一可以看見止痛錠蹤跡的，是散落在地上的空玻璃包裝紙。

「在哪裡？」他焦急地問。

「吃藥已經沒用了。」村長說。

神父靠過去，嘴巴不停呢喃：「告訴我在哪裡？」村長猛力搖搖頭，安赫神父看見眼前幾公分遠的那張臉，變得巨大而猶如怪物。

「混帳！」村長大吼。「我說了不要煩我。」

他拿起一張凳子，高舉在頭上，使勁全力往玻璃櫃砸去。安赫神父沒來得及明白發生什麼事，玻璃碎粒已經瞬間飛散，塵霧消散後，村長的身影終於出現。這一刻，死寂籠罩。

「中尉。」神父說。

警員個個拿著步槍，出現在走廊的門口。村長看著他們，眼神飄忽，呼吸跟貓一樣輕盈，他們放下步槍，但是保持不動，待在門邊。安赫神父扶著村長的手臂，帶他到摺疊椅子旁。

「止痛錠在哪裡？」他追問。

村長閉上雙眼，頭往後仰去。「我不要再吃那種垃圾。」他說。「我出現耳鳴，腦袋昏昏沉沉。」在這個頭痛暫歇的短暫時刻，他頭轉向神父問：

「您跟牙醫說過了？」

神父默默地點頭。從他回答的表情，村長明白了造訪的結果。

「您為什麼不找西拉爾多醫生談談呢？」神父提議。「一定有能拔牙的醫生。」

村長慢了半拍回答：「他可能會推說他沒鉗子。」他說。然後又多加一句：

「這是陰謀。」

這天下午無比殘酷，他抓住牙痛暫時消停的機會休息了一下。當他睜開雙眼，房間一片昏暗。他沒看安赫神父，直接說：

「您是為了西薩・蒙特羅來的。」

他沒聽到任何回答。「痛成這樣，找什麼事都沒辦法做。」他繼續說。他起身打開燈，蚊子從陽臺飛進來，展開第一波攻勢。安赫神父忍受著這個時刻的意外。

「時間一分一秒過去。」他說。

「不管如何，禮拜三都會請您來。」村長說。「明天我會解決所有該解決的事，讓他在下午向您告解。」

「幾點？」

「四點。」

「即使下雨？」

村長瞥了他一眼，把過去兩個禮拜遭受的痛苦，都宣洩在他不耐煩的目光。

「神父，即使世界末日也會進行。」

止痛錠已經失效。村長在客房的陽臺掛起吊床，想要趁著夜晚初降的涼爽時刻好好睡個覺。可還不到八點，他又無法抵抗絕望感席捲而來，下樓來到廣場，廣場上一波波的燙人熱氣讓人昏昏沉沉。

他在附近踱步，找不到靈感，不知道怎麼治牙痛，最後他踏入電影院。這是個錯誤的選擇。他聽到戰機轟隆隆響，感覺牙痛更劇烈。到了中場，他離開放映廳，前往藥局，正好趕上拉洛·默思克德先生準備關門的時刻。

「給我治臼齒痛的最強特效藥。」

藥劑師帶著驚訝的目光，細細檢查他的臉頰。接著他往藥局盡頭走去，穿過了兩排玻璃櫃的門，櫃子上擺滿藥罐，每一個都用藍色字體標註藥名。村長凝視他的背影，忽然明白這個胖脖子和臉色泛粉的男人正在幸災樂禍。村長認識他。他跟他的妻子住在藥局後邊的兩個房間，他的妻子相當肥胖，從許多年前就中風無法行走。

拉洛·默思克德拿著一個沒有標籤的瓷罐回到櫃檯，一打開蓋子，罐子就散發一股香甜的藥草氣味。

「那是什麼？」

藥劑師把手指伸進罐子，攪了攪裡面曬乾的種子。

「水芹。」他說。「仔細咀嚼，慢慢吞下汁液，這是最好的一帖解痛藥劑。」他把幾顆種子放在掌心，視線從眼鏡鏡片後面投射過來，他對著村長說：

「張開嘴巴。」

村長避開他。他把藥罐轉過來，確定罐身什麼都沒寫，接著視線回到藥劑師身上。

「給我外國的藥。」他說。

「這比任何外國的藥都還有效。」拉洛．默思克德先生說。「這種藥可是有三千年的民間智慧掛保證。」

他拿一片報紙把種子包起來。他看起來不像一家之主，反而是像個替孩子摺紙鳥的舅舅，動作謹慎又帶著溫柔，迅速包好了水芹。當他抬起頭時，臉上帶著微笑。

「怎麼不拿呢？」

村長沒回答。他拿出一張鈔票付錢，沒等待找回零錢就離開了藥局。

過了午夜，他依然不敢咀嚼那些種子，整個人在吊床上扭成一團。在十一點的時候，天氣熱到難以忍受的極點，突然降下一陣急雨，不久轉為輕柔的細雨。村長發著燒，筋疲力竭，流著黏糊糊的冷汗，身體不停發抖，他趴躺在吊床上，試著拉直身體，張開嘴巴，開始在內心禱告。他努力禱告，到了最後，緊繃的肌肉開始抽筋；但是他意識到，他越是想接近天主，牙痛越是把他往相反的方向推去。於是他穿上靴子，直接在睡衣套上雨衣，上警局去。

他闖進警局，大聲嚷嚷。走廊上一片漆黑，警員們陷在現實與惡夢的沼澤裡，撞成一團，尋找他們的武器。燈亮起之後，他們個個衣衫不整等候命令。

「貢薩雷茲，羅維拉，培拉勒塔。」村長大吼。

三個被點名的警員從隊伍出來，站在中尉身邊。他們被挑選出來，看不出有什麼特別理由；他們是普通的麥士蒂索人。其中一個長了一張娃娃臉，留著平頭，穿著一件法藍絨內衣。其他兩個穿著同樣的內衣，而穿上的制服還沒扣上扣子。

他們不知道要執行什麼命令。三人併作一排，跟在村長後面，大步跳下樓梯，離開了警局；他們不畏細雨，穿過街道，在牙醫診所前停下腳步。他們拿起槍托猛敲二下，拆掉了大門。當他們進到裡面，前廳的燈已經亮起。有個矮小的禿頭男人出現在盡頭的門前。他神情緊張，身上只穿一條內褲，正要套上浴袍。起初，他愣在原地，舉著一隻手臂，張著嘴巴，像是攝影師鏡頭下瞬間捕捉的影像。接著，他往後一跳，撞到穿著睡衣從臥室出來的妻子。

「不要動。」中尉大吼。

那女人雙手掩住嘴巴，做出個「喔」的動作，然後返回臥室。牙醫一邊綁浴袍的帶子，一邊走到前廳，這一刻，他才認出拿著步槍對準他的三名警員，和全身淌著雨水的村長，後者表情冷靜，雙手插在雨衣的口袋裡。

「如果夫人敢從房間出來，就等著吃子彈，這是命令。」中尉說。

牙醫抓住喇叭鎖把手，往裡面說：「親愛的，妳聽見了。」接著，他小心翼翼地拉上臥室的門。他走到診間，墨黑的槍孔在褪色的籐製家具後監視著他的舉動。兩名警員先他一步站到診間口，一個點亮了燈，另一個逕自走到工作臺旁，從抽屜拿出一把左輪手槍。

「應該還有另外一把。」村長說。

他跟在牙醫的後面，最後一個進來。兩名警員動作迅速，徹底搜查了一遍，第三名守在診間口。他們翻倒工作臺的器具箱，把石膏模型、整副假牙半成品、零散的假牙，以及黃金牙套，全部扔在地上；他們倒空玻璃櫃的陶罐，拿著刺刀快揮幾下，劃破治療椅的油布靠墊和旋轉椅的彈簧坐墊。

「那是一把點三八長槍管左輪手槍。」村長詳細指出。

他把牙醫細細打量一遍。「乾脆告訴我們東西在哪裡。」他對牙醫說。

「我們來這裡可沒打算拆屋子。」牙醫在金框眼鏡後面那雙死氣沉沉的窄眼沒有洩漏任何情緒。

「不用對我太客氣。」他慢條斯理地回答。「你們想拆，就繼續拆。」

村長思索了一下。他再一次檢查這間用粗糙木板蓋成的屋子，接著走到治療椅旁，對他的警員厲聲下達命令。他派一個守在臨街門口，一個在診間口，第三個在窗戶旁邊。當他在椅子上坐妥之後，感到四周圍繞的金屬散發出一股冰冷，於是扣上溼透的雨衣。他深深吸一口稀薄的空氣，聞到濃濃木餾油的氣味，接著他把後腦勺靠在頭枕上，試著平緩呼吸。牙醫從地上撿起幾樣器具，放到一個鍋子裡煮沸。

他背對著村長，凝視煤油爐的藍色火焰，臉上的表情跟獨自待在診療間時並無兩樣。水沸滾之後，他拿一張紙包住鍋子的把手，帶著鍋子回到椅子旁。警員擋下他的腳步。牙醫放下鍋子，在繚繞的蒸汽中看著村長說：

「叫這個殺手站到不會礙事的地方。」

村長打個手勢，警員離開窗邊，讓路給牙醫回到診療椅邊。他拉來一張椅子靠在牆邊，兩腿張開坐了下來，步槍橫放在膝上，繼續他的監視。牙醫打開燈。村長覺得突然亮起的光很刺眼，他閉上眼睛，張開嘴巴。牙齒不痛了。

牙醫找到了那顆生病的牙齒，用食指撐開紅腫的臉頰，另一隻手提起燈，全然無視病人不安的呼吸。接著，他捲起袖子到手肘，開始拔臼齒。

村長抓住他的手腕。

「打麻醉藥。」他說。

他們倆的目光第一次交會。

「你們殺人時不也沒使用麻醉藥。」牙醫輕聲地說。

村長沒發現，他扣著扳機的那隻手竟自然而然地鬆開了。「拿麻醉藥過來。」他說。守在角落的警員把槍管移向診療椅，他們倆都聽到了步槍上膛的聲響。

「想必您知道這裡沒有麻醉藥。」牙醫說。

村長鬆開了他的手腕。他回答：「應該要有才對。」他不由自主地檢視散落在地上的東西。牙醫死盯著他的舉動。之後，他將村長推回頭枕躺好，終於露出不耐的神情，他說：

「中尉，不要再畏畏縮縮。這個膿瘡不值得打麻醉藥。」

村長經歷完這輩子最可怕的一刻，身體終於放鬆下來，筋疲力竭地躺在診療椅上，厚紙板天花板上有一片溼氣留下的暗色水漬，這幅畫面將永遠印在他的腦海裡，直到他嚥下最後一口氣的那天。他感覺牙醫在水盆邊忙東忙西，把抽屜放回原位，默默地撿起地上的幾樣物品。

「羅維拉，叫貢薩雷茲進來，幫忙撿地上的東西，放回原位。」

警員開始動手。牙醫拿起鑷子夾起棉花，浸溼一種鐵灰色液體，擦在傷口上。村長感覺表皮一陣灼熱。接著，牙醫讓他閉上嘴巴，他繼續盯著天花板，聽著警員試著根據印象，恢復診療間一絲不苟的秩序。鐘塔傳來兩聲鐘響。一分鐘後，有隻石鴴在細雨的沙沙聲中再一次報時。半晌，村長知道警員已經整理完畢，便打手勢要他們返回警局。

牙醫一直杵在診療椅旁。警員離開後，他拿掉覆蓋牙齦的棉花。接著他拿起燈照亮口腔，讓他再次闔上嘴，然後關掉燈。全部完成。這時，在這個燠熱的小房間內，剩下一種劇院舞臺最後一個演員離開後，只有清潔人員所熟知的不真實詭異感。

「忘恩負義的傢伙。」村長說。

牙醫把雙手插進浴袍的口袋，往後退去一步，讓路給他過去。「我收到命令，必須剷平這間屋子。」村長繼續說，那雙溼亮的眼睛搜尋著他。「上頭明確指示，一定要找出槍枝彈藥和有關一樁陰謀的詳細文件。」他緊盯牙醫的眼睛依舊溼潤，接著他又說：「但是我違抗命令，相信這是做好事，但看來我錯了。現在情勢已經不同，反對派得到保證，每個人都能平靜度日，您卻繼續抱著陰謀分子的思維。」牙醫舉起袖子擦乾診療椅坐墊，然後翻到沒被破壞的那一面放好。

「您這種態度危害了村莊。」村長沒理會牙醫對他的臉頰投射過來若有所思的目光，指著坐墊繼續說。「現在，市政府必須付費修理這些破壞，包括臨街的大門。都怪您太過頑固，不得不花這一大筆錢。」

「記得用葫蘆巴液漱口。」牙醫說。

4

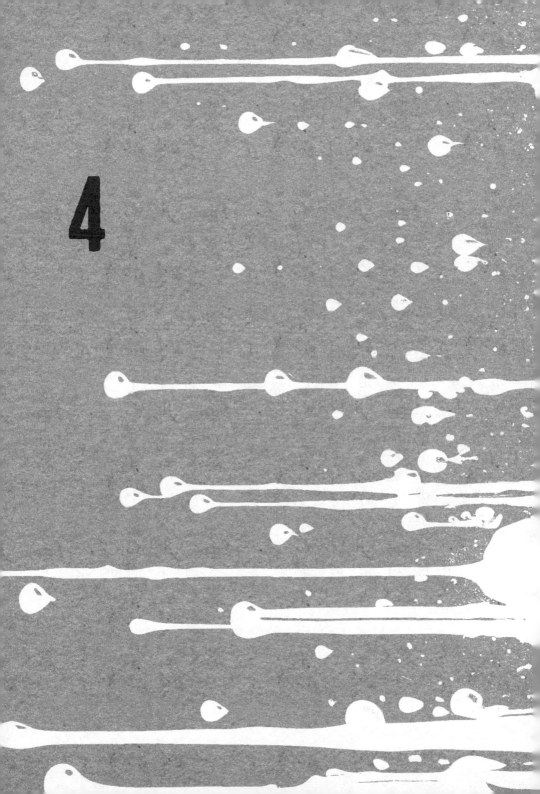

阿爾卡迪歐法官拿起電報處的字典查了一下，因為他自已的那一本缺了幾個字母。看完解釋，他還是一知半解：馬佛里歐，一個羅馬鞋匠的名字，這個鞋匠寫下諷刺世人的作品而聲名大噪，其他還有不那麼重要的細節。他心想，根據歷史紀錄的審判，在他人大門上張貼不具名的毀謗，應該稱作馬佛里歐罪吧。不過，他並不感沮喪。即使只花短短兩分鐘查詢，他仍認為達成任務，感受到許久不曾有的平靜。

電報員看見他把字典放回架上，夾在已被遺忘的有關郵政和電報法令與條款彙編之間，暫停發送一封傳達嚴厲警告的電報。接著他一邊洗牌一邊走過去，打算向法官展示最流行的把戲：三張紙牌算命。不過，阿爾卡迪歐法官不理會他。「我現在很忙。」他道歉，然後離開，來到高溫烤曬的街道上，他隱約感覺快十一點，禮拜二這天，他還剩很多時間可以運用。

村長在法官的辦公室等他，他有個道德標準的問題。在最近幾場選舉，警員沒收並銷毀了反對黨的選舉證件。現在沒有辦法辨識大多數村民的身分。

「那些搬運他們房子的人，」村長攤開雙手說。「連叫什麼名字都不知道。」

阿爾卡迪歐法官明白，那雙攤開的手表達的是真心誠意的悔恨。但是村長的問題很簡單：他大可申請派任公民身分登記員。秘書把辦法變得更容易。

「不需要，叫他過來就可以了。」他說。「他在大概一年前已經走馬上任。」

村長想起他來。幾個月前，他收到公民身分登記員上任通知，還特地打了一通長途電話詢問如何接待他，而他收到的回答是：「斃了他。」如今命令不一樣了。他雙手插在口袋，轉身對秘書說：

「您來寫封信。」

打字機的噠噠聲響起，替辦公室注入一種活力，感染了阿爾卡迪歐法官的心情。他感覺到無事可做的空虛。他從襯衫的口袋拿出一截香菸，放在手掌搓了搓之後點燃。接著他往後仰，把椅背壓到彈簧所能承受的限度，而他竟從這個姿勢，清楚感受自己正在度過人生的一分鐘，不禁感到驚訝。

他準備開口，但先琢磨了要說的話。

「我要是您，會再提名派任一位檢察官。」

出乎他意料，村長並沒有馬上回答。村長看了看錶，但是沒仔細看時間。他知道離午餐時間還很久。他態度不怎麼積極地開口問說：「我不知道提名派命檢察官的程序。」

「官員是由市議會任命。」阿爾卡迪歐法官解釋。「不過現在沒有議會，根據戒嚴法，您有權任命。」

村長一邊聽，一邊在信上簽名，連看都沒看。接著他改以熱烈的口氣高談闊論一番，但是秘書就道德標準，對上司建議的程序提出了看法。阿爾卡迪歐法官堅持說：「這是因應非常時期的緊急程序。」

「我聽過這種做法。」

村長脫下制服帽搧風，阿爾卡迪歐法官仔細看著帽簷在他額頭印下的痕跡。他從村長搧風的姿勢，知道他剛剛考慮完畢。於是他舉起小指，用彎曲的長指甲撣掉菸灰，然後等待。

「有哪個恰當人選嗎？」村長問。

他這句話顯然是在問秘書。

「人選。」法官閉上眼睛咀嚼他的話。

「我要是您，會任命一個誠實清白的人。」秘書說。

法官修正他話中的失當。「那是當然的。」他說，視線在兩人身上打轉。

「舉個名字來聽聽。」村長說。

「我現在想不出來。」法官若有所思地說。

村長走向門口。「你們想一下。」他說。「等水災過去，我們就得解決人事災難。」秘書繼續俯身在打字機上努力工作，直到聽不見村長的鞋跟聲。

「他是個瘋子。」這時他說。「一年半前，他們拿槍托砸爛官員的腦袋，現在卻想找一個來頂官位的人選。」

阿爾卡迪歐法官猛然起身。

「我要走了。」他說。「等會兒就吃午餐，我可不想聽你那些可怕的話倒胃口。」

法官離開辦公室。這天中午有種不祥的氛圍，秘書相當迷信，因此相當在意。當他上門鎖時，竟感覺這個動作違反禁忌。秘書慌張地逃了出去，在電報處門口追上阿爾卡迪歐法官，後者正打算弄清楚那個紙牌把戲能不能用在打紙牌。電報員不願意透露秘密。他僅是不厭其煩地示範，給阿爾卡迪歐法官機會發現關鍵技巧。秘書也在旁觀看他變把戲，最後他得出了結論。阿爾卡迪歐法官卻連看都不看那三張牌，他知道那是他隨機選的三張，電報員也沒看就把牌還給他。

「這是變魔術。」電報員說。

這一刻阿爾卡迪歐法官腦中只想著過街。他要離開時，抓住秘書的胳膊，強迫他一起跟來，他們走進像玻璃熔化的空氣裡，然後躲到涼蔭覆蓋的人行道上。就在這個時刻，秘書向法官拆解那個把戲的技巧。由於太過簡單，阿爾卡迪歐法官有種受辱的不快。

他們默默走了一段路。

「對了。」法官突然問說，語氣夾帶莫名的怨恨。「您還沒調查那些資料。」

秘書花了點時間咀嚼這句話的意思。

「很困難。」最後他開口。「大多數的黑函在還沒天亮就被撕走了。」

「這也是一種我搞不懂的把戲。」阿爾卡迪歐法官說。「我可不會為了一張沒人會讀的黑函睡不著覺。」

「這是重點。」秘書說，他停下了腳步，因為已經來到自家門前。「睡不著，不是因為黑函，而是對黑函的恐懼。」

秘書蒐集的資料不全，不過，阿爾卡迪歐法官仍然想了解大概。他記下案例和名字以及日期：七天內一共十一起。這十一起案例的主角彼此沒有關聯。看過黑函的人都異口同聲，說是用藍墨水寫的印刷字體，混用大寫和小寫，像是出自小孩之手。那拼字錯誤太過荒謬，像是刻意做的。資料瞧不出任何端倪：都是許久以前村民就口耳相傳的東西。當他正在推敲所有的揣測時，敘利亞佬摩西從雜貨店叫住他：

「您有沒有一塊錢披索？」

阿爾卡迪歐法官會意不過來。但是他把口袋翻出來：一共有二十五分錢，和他從大學起當護身符用的一枚美國硬幣。敘利亞佬摩西拿走了二十五分錢。

「想拿什麼就拿吧，等有錢再補給我就行了。」他說。他把硬幣丟進空抽屜發出了叮噹響。「我可不想錯過十二點的晌禮。」

於是，當十二點鐘聲響起，阿爾卡迪歐法官扛著送給情婦的禮物踏進家裡。他在床邊坐下來換鞋，而情婦拿起一塊印花絲綢布裹住嬌軀。她幻想著生完孩子後穿上新洋裝的模樣。她在法官的鼻子上印下一個吻。他本想避開她，哪知她越過床上，向他撲來。他們誰也沒動。阿爾卡迪歐法官伸出手撫過她的後背，感覺她隆起的熱呼呼的肚子，最後感覺鼠蹊部開始竄動。

她抬起頭，咬著牙低聲說：

「等一等，我把門關上。」

村長等到最後一間屋子落地。他們在短短二十四小時內蓋好一條寬敞平坦的新街道，不過，這條路只通到墓園，就這麼突兀地被圍牆截斷。村長與每個屋主肩並肩擺置他們的家具，完成之後他氣喘如牛，踏進距離最近的一間廚房。地面有一個用石頭堆成的臨時爐灶，火上正滾著一鍋湯。他打開泥巴鍋子，吸了一會兒蒸汽。爐灶的另外一頭有個乾癟的女人，她睜著一雙寧靜的大眼睛，默默地看著他。

「吃午飯啊。」村長說。

女人沒回答。村長沒受到邀請，不過他自己盛了一碗湯。這時，女人到房間拿來一張椅子，擺在桌子邊，讓村長坐下來。村長喝著湯，視線搜索院子，表情既驚又懼。昨日，這裡還是一片空蕩蕩的平地，此刻，已經出現晾曬的衣服，和在泥濘中翻滾的兩隻豬。

「你們也能種東西呢。」他說。

女人沒抬起頭，直接回答：「不管種什麼，豬都會吃光。」接著她又拿了相同的盤子盛上一塊燉肉、兩塊木薯和半根綠蕉端到桌上。她對這樣大方的行為，盡可能裝出不在意的樣子，但反而太過刻意。村長露出微笑，視線迎上女人的眼睛。

「看來人人都有飯吃。」他說。

「願天主讓您消化不良。」女人避開他的眼睛說。

他當作沒聽到她的滿心不悅。他專心吃午餐，不管脖子汗如雨下。他吃完後，女人收走了空盤子，仍然沒看他。

「你們這種態度要繼續到什麼時候？」村長問。

女人面不改色，一臉平靜地回答。

「到被你們殺害的親人起死回生。」

「現在已經改朝換代。」村長解釋。「新政府關心公民的福祉，而你們卻……」

女人打斷他的話。

「那只是換湯不換藥……」

「像這個社區，不到二十四個小時就蓋好了，這可是前所未見。」村長不死心地說。「我們費心費力，想把這個村莊打造得體面一些。」

女人收拾掛在鐵絲網上的衣服，並拿進室內。村長的視線跟隨她，接著聽到她的回答：

「在你們來之前，這裡就是體面的村莊。」

他不期待飯後咖啡。「一群悲哀的人。」他說。「我們把地送給你們，你們還滿肚子抱怨。」女人沒回應。但是當村長穿過廚房，走向街道時，她俯身在爐子上低聲說：

「這裡會越來越糟糕。何況死人就埋在後院，更讓我們忘不了你們。」

駁船抵達時，村長正努力想睡個午覺。他受不了如此炎熱的天氣。他臉頰的腫脹已經慢慢消退。然而，他卻開始感覺不舒服。他凝視靜靜流動的河面，聆聽房間裡的蟬叫聲，放空腦袋，兩個小時就這樣過去。

他聽見駁船的引擎聲後，脫掉了身上的衣服，拿起毛巾擦乾身體，換上了制服。接著，他在房間裡找出那隻蟬，用拇指和食指捏起，然後出門上街。有個孩子從等待駁船的人群中冒出來，他外表乾淨，穿著得體，拿著一把塑膠機關槍，擋去村長的腳步。村長把手上的蟬給他。

半晌過後，他坐在敘利亞佬摩西的雜貨店門口，觀看駁船上一片忙碌。港口熱熱鬧鬧了十分鐘。村長感覺肚子沉重，頭突然痛了起來，於是想起那個女人不悅的詛咒。接著，他冷靜下來，觀看旅客走過木頭平臺，在忍受八個小時無法動彈的姿勢後，他們正在伸展筋骨。

「一樣地忙亂。」他說。

敘利亞佬摩西要他注意，似乎有馬戲團到來。村長說不出為什麼，但直覺他說得沒錯。或許是因為駁船屋頂上的一堆木棍和各種顏色的布吧，或者有兩名女子裹著一模一樣的印花洋裝，就像同一個人的本尊和分身。

「至少來了個馬戲團。」他嘟囔。

敘利亞佬摩西聊起猛獸和雜耍演員。但是村長看到馬戲團，想到的是其他的事。他伸了伸雙腿，瞥了一眼靴子的鞋尖。

「村子進步了。」他說。

敘利亞佬摩西停下搧風的動作。「你知道我今天賣了多少東西嗎？」他問。村長不敢隨便說個數字，只是等待他的答案。

「二十五分錢披索。」敘利亞佬說。

在這一刻，村長看見電報員打開郵件袋子，把信件交給西拉爾多醫生。他叫住電報員。這一次寄到的公文是用不同的信封。他撕開封印，發現裡面只有例行性的通知信和政府的印刷傳單。他看完信後，碼頭上已經是另一番景象：大件貨物、雞籠和神秘的馬戲器具。天色開始暗下。他站起身子，嘆了口氣：

「二十五分錢。」

「二十五分錢。」敘利亞佬跟著講了一遍，語調嚴肅，大氣不喘。

西拉爾多醫生把駁船的卸貨從頭到尾看完。村長順著他的視線，注意到一個女人，她體型壯碩，表情嚴肅，兩隻手戴著好幾套手環。她撐著一把彩色洋傘，像是在等待救世主。村長沒對這位剛到的女人多作想像。

「她應該是馴獸師。」他說。

「您的猜測不無道理。」西拉爾多醫生說，並用那兩排尖牙咀嚼他的話。「她是西薩．蒙特羅的岳母。」

村長繼續走他的路。他看了一眼錶：還有二十五分鐘就要四點。到了警局門口，有人通知他安赫神父等了他半個小時，四點會再回來一趟。

他回到街上，不知該做什麼，卻從診所的窗戶看見牙醫，他走過去跟他借火。牙醫為他點火，接著看著他那還腫脹的臉頰。

「我已經好了。」村長說。

他張開嘴巴，牙醫仔細看了一下。

「還有幾顆要補的牙齒。」

村長調整了一下腰間的左輪手槍。「我會再過來的。」他用堅定的語氣說。牙醫面不改色。

「不管什麼時候，想來就來吧，不知道我想死在家裡的願望能不能實現。」

村長伸手拍了他的肩膀一下。「不會實現的。」他心情愉悅地說。然後他雙手一攤說：

「我的臼齒比黨派重要。」

「那麼，妳為什麼不結婚呢？」

阿爾卡迪歐法官的情婦張開雙腿。「神父，想都別想。」她回答。「現在我要生兒子，更不可能去想。」安赫神父的視線移向河流。那兒有一頭淹死的母牛，龐大的身軀正順著水流往下漂，幾隻黑美洲鷲就停在牠的背上。

「但是他會是私生子。」他說。

「他不會讓他這樣。」她說。「現在阿爾卡迪歐對我很好。如果我逼他娶我，他會覺得被綁住，要我付出代價。」

她已經脫下平底鞋，講話時雙腿張開，腳趾頭蜷曲，踏在凳子的墊子上。她把扇子放在膝上，雙手抱著隆起的孕肚。「神父，想都別想。」

她又說了一遍，因為安赫神父默默不語。「沙巴斯先生花兩百塊錢披索買下我，玩弄了我三個月後，把我趕出大門，連個胸針都沒留給我。如果不是阿爾卡迪歐收留，我可能已經餓死街頭。」這時，她第一次迎向神父的目光。

「或者我會不得不靠出賣身體為生。」

六個月來，安赫神父一直不死心地苦勸。

「妳應該逼他結婚，建立一個家庭。」他說。「你們同居，目前的情況不但讓妳生活無法安定，也給了村莊一個不良的示範。」

「光明磊落很好啊。」她說。「其他人不也做同樣的事，只是都偷偷摸摸。您沒讀過那些黑函？」

「那些都是毀謗。」神父說。「妳應該要入境隨俗和改正處境，免得落人口實。」

「我？」她說。「我根本不用迴避什麼，因為我做事坦蕩蕩。到現在還沒人浪費時間，張貼針對我來的黑函，這就是最好的證據，相反地，所有在廣場附近正經為生的居民都被貼過黑函。」

「妳是個莽婦。」神父說。「可是天主賜妳好運，安排妳遇上一個尊重妳的男人。因此，妳應該嫁給他，建立一個家庭。」

「我不懂那些事。」她說。「但無論如何，我現在有地方睡覺，也不愁吃穿。」

「如果他拋棄妳呢？」

她咬了咬嘴唇，露出神秘的微笑回答：

「神父，他不會拋棄我的。我敢這麼說，是因為我就是知道。」

這一次神父也沒退卻。他勸告她至少來望彌撒。她回答「改天」會參加，這一天神父也繼續例行的散步，並等待和村長會面的時間到來。有個敘利亞佬要神父看看天氣多麼晴朗，但是他沒多加理會。他對馬戲團的一舉一動興致勃勃，在這個陽光燦爛的下午，他們正把焦躁不安的猛獸運上岸。他駐足觀看直到四點。

村長告別牙醫的時候，看見了安赫神父走過來。「真是準時。」他說，然後和他握手。「準時抵達，不過沒下雨。」安赫神父一口氣爬上警局陡峭的樓梯，他回答：

「世界也沒毀滅。」

兩分鐘後，他被領到西薩．蒙特羅的牢房。

在告解時刻，村長就坐在走廊上。他想起馬戲團，想起一個用牙齒咬著蘆稈，懸在五公尺高半空的女人，他也想起一個穿金絲邊藍制服的男人，他敲著一個小鼓。過了半個小時，安赫神父走出西薩．蒙特羅的牢房。

「好了嗎？」村長問。

安赫神父帶著怨恨的眼神打量他。

「你們是犯罪。」他說。「這個人已經超過五天沒進食，只剩那具皮囊還苟延殘喘地活著。」

「是他自討苦吃。」村長平靜地說。

「不對。」神父說，他試著厲聲回應。「是您下令不給他飯吃。」

村長舉起食指指著他。

「神父，千萬小心。您別違反規定，告解是要保密的。」

「這不是他的告解。」神父說。

村長猛然挺直身體。「不要強迫他。」他說，接著突然笑了出來。「如果您這麼擔心，我們現在就給您解決辦法。」他叫來一名警員，命令他端旅館的飯菜給西薩．蒙特羅。「請旅館送來一整隻雞，要肥一點的，加上一盤馬鈴薯和一盆沙拉。」他說，接著又對神父說：

「神父，這全都由市政府買單。您看看，跟以前有多麼不同。」

安赫神父低下頭。

「什麼時候送走他？」

「明天駁船要離開。」村長說。「如果他今晚能恢復理智，明天就能上路。但是請您注意，我是在幫您的忙。」

「幫這個忙的代價有一點高。」神父說。

「有錢的人請人幫忙一定要付代價。」村長說。他那雙眼眸專注盯著神父的淺藍眼珠，接著又說：「我希望您能讓他了解這一切。」

安赫神父沒有回答。他步下樓梯，站在樓梯平臺處，以一聲沉默的憤怒吶喊告別而去。這時，村長穿越了走廊，沒有敲門就踏進西薩．蒙特羅的牢房。

這是個簡陋的房間：有一個臉盆和一張鐵床。西薩．蒙特羅滿臉鬍碴躺在床上，身上還是那套上個禮拜離家時穿的衣服。他動也不動，甚至連視線也沒移動，就這樣聽著村長說話：「既然你已經跟天主算完帳，」他說。「現在輪到跟我算帳才公平。」他拿來一張椅子到床邊，前胸貼著籐編椅背坐下來。西薩．蒙特羅專注看著屋頂的橫梁。他看起來似乎並不憂愁，只是嘴角透露了他與自己漫長的內心對話的痕跡。「你跟我不必拐彎抹角。」他聽見村長說。「你明天就得上路。幸運的話，兩到三個月會有一個特派調查員過來。我們會告知他所有經過。接著再等一個禮拜，你就能搭乘駁船回來，到時你會相信自己犯下一件蠢事。」

他停頓了一下，可是西薩．蒙特羅依然不動聲色。

「之後，你會不得不在法庭和律師身上砸下至少兩萬塊披索。或者費用可能會更多吧，如果特派調查員告訴他們，你是個百萬富翁。」

西薩．蒙特羅轉過頭看向他。這個動作輕得難以察覺，卻壓得床墊的彈簧嘎吱作響。

「然而，」村長用那屬靈協助的聲音繼續說。「如果一切順利，或許來來回回和文件處理之間，只花你兩年時間。」

他感覺自己被人從靴子的鞋尖開始打量。最後，當西薩．蒙特羅的視線對上他的雙眼時，他話還沒說完就改變了語調。

「你現在的一切，都是欠我的。」他說。「本來的命令是要除掉你。本來的命令是派人暗殺你，沒收你的牲畜，讓政府拿去填補整個省區在選舉期間耗費的鉅款。你知道其他市府的村長做了哪些事。然而，在這裡，我們並沒有服從命令。」

在這一刻，村長開始發現西薩．蒙特羅在想什麼。他張開雙腳，兩手按著椅背，高聲回答西薩．蒙特羅的無聲指責。

「你為保命所付出的金錢，沒有半毛進到我的口袋。」他說。「這全都花在選舉活動上。現在，新政府認為每個人都應該享有和平和保障，當我依然辛苦掙錢餬口，你卻能在錢堆裡墮落。你很懂得做生意。」

西薩．蒙特羅吃力地起身。當他終於站起來，村長面對這隻龐大的猛獸，感覺自己渺小而悲哀。村長的眼神流露出一種狂熱，他看著西薩．蒙特羅走到窗邊。

「這會是你這輩子最值得做的生意。」他低喃。

窗戶面朝河流。西薩．蒙特羅竟認不出這條河。他感覺自己置身在一座不同的村莊，眼前的河流像是一眨眼就會消失。「我會幫你。」他聽見村長在他背後說。「大家都知道這是榮譽的問題，但是維護榮譽需要代價。撕碎黑函就是蠢事。」在這一刻，牢房內忽然出現一股噁臭味。

「是那頭母牛。」村長說。「應該是擱淺在某個地方。」

西薩．蒙特羅依舊站在窗邊，無視於那股腐臭味。街上空無一人。碼頭邊有三艘駁船，船員掛起了吊床準備睡覺。第二天早上七點，河面會是另一番景象：碼頭上將會人聲沸騰，等待著他們押解囚犯上船。西薩．蒙特羅嘆口氣。他把雙手插進口袋，以堅決的態度，不疾不徐，簡單吐出他心中的決定：

「要多少錢？」

他的問題立刻得到回答：

「五千塊披索，用一歲的牛犢支付。」

「再多加五頭。」西薩・蒙特羅說。「請您派一艘特快駁船，等今晚電影散場，就把我送走。」

5

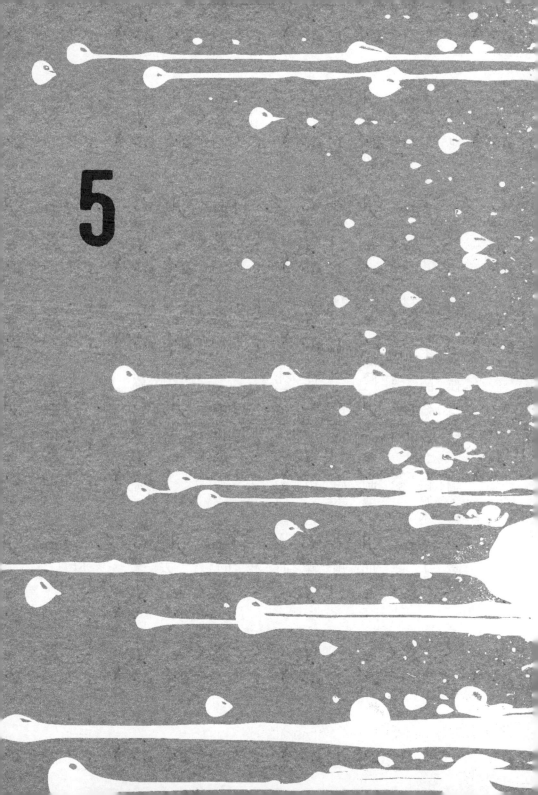

駁船發出汽笛聲，在河中央轉了一圈，羅莎里歐·德蒙特羅跟在母親身旁，坐在一個馬口鐵衣箱上，七年前她也是帶著同樣的行李箱上岸，而這是聚集在碼頭上的群眾和探身在窗前的婦女最後一次看到她們母女。烏塔維沃·西拉爾多醫生在他的診所窗戶前刮鬍子，他感覺，她們的歸去就某方面來說，像是返回了真實世界。

羅莎里歐來到村莊的那天下午，西拉爾多醫生看見她一身骯髒的教師制服，腳踩一雙男鞋，在碼頭上探聽，哪個人把她的衣箱送到學校收費比較便宜。她似乎胸無大志，準備老死在這裡，據她親口說，當時一共有十一個求職者在競爭六個工作，她從一頂帽子裡抽出一張小紙條，看見上面寫著她第一次看過的村莊名字。她在學校的一個小房間安頓下來，裡面有一張鐵床和一個臉盆，空閒時，她就替桌巾刺繡，用煤油爐滾煮玉米粥。就在同樣那年的耶誕節，她在學校的一場露天舞會認識了西薩·蒙特羅。他單身，是個來路不明的逃奴，靠著供應木材發了大財，他住在原始雨林中，與野狗為伍，偶爾來村莊一趟，總是滿臉鬍碴，穿著一雙鐵片鞋跟靴子，拿著一把雙管獵槍。西拉爾多醫生下巴滿是泡沫，正當他心想，羅莎里歐能認識西薩．蒙特羅就好比是再從帽子裡抽出一張中獎的彩券時，一陣噁臭味傳來，把他從往日的回憶中拉了回來。

駁船行經的波浪打來，把對面的河岸的一群黑美洲鷲嚇得驚慌飛散。腐爛的臭味在碼頭上縈繞了一會兒後，乘著早晨的微風，飄進了每間屋舍的深處。

「混帳！怎麼還在呀！」村長從臥室的陽臺望著那群四散的黑美洲鷲大呼。「該死的母牛！」

他拿起手帕捂住鼻子，進入臥室，關上了陽臺的門。那股味道還是散不去。他沒摘下制服帽，把一面鏡子掛上釘子，然後小心翼翼地開始刮除還有些紅腫的臉頰上的鬍碴。不久，馬戲團老闆前來敲門。

村長請他坐下，一邊刮鬍子一邊從鏡子裡打量他。馬戲團老闆穿著一件黑色格子紋襯衫，一條馬褲，裹著綁腿套，拿著鞭子一下接著一下輕輕敲打膝蓋。
「我已經收到針對你們的第一個投訴。」村長說，那把小刀剛剛把累積了兩個禮拜的鬱悶和鬍碴一掃而空。「就在昨晚。」
「投訴什麼？」
「你們派出一群年輕人偷貓。」
「那不是真的。」馬戲團老闆說。「我們花錢買貓餵猛獸，但是沒問貓從哪裡來。」
「活生生餵食？」
「喔，不是。」老闆抗議說。「那樣會喚醒猛獸的殘酷天性。」
村長清洗完畢後拿起毛巾擦臉，然後轉過來看他。直到這一刻，他才注意到馬戲團老闆每一根手指都戴著各色的寶石戒指。
「您恐怕要找其他的代替品。」他說。「去捕短吻鱷吧，或者這個時節迷路的魚。但是捉活貓，想都別想。」
馬戲團老闆聳聳肩膀，跟在村長後面走到街上。港口有幾群男人在聊天，一點都不理會對岸飄來卡在灌木叢的母牛的腐爛氣味。

「一群娘娘腔！」村長大吼。「不要像女人一樣在那裡說長道短，昨天下午就該開始工作，移走那頭母牛。」

幾個男人圍到村長的身邊來。

「五十塊錢披索。」村長提出。「限定一個小時，有誰能把母牛的那對角送到我的辦公室，就能領到。」

碼頭的另外一端突然傳來喧鬧聲。有幾個男人聽見了村長的賞金後，跳上了木伐，一邊鬆開繩索，一邊高聲互下戰帖。「一百塊錢披索。」村長興致一來，加碼一倍。「一隻角五十塊錢披索。」他帶著馬戲團老闆到碼頭的另外一端。他們在那裡等到第一批船隻抵達對岸的沙洲。這時村長帶著微笑轉頭看著馬戲團老闆。

「這裡是一座幸福的村莊。」他說。

馬戲團老闆點點頭贊同。「這是我們最需要的東西。」村長繼續說。「村民無所事事，浪費太多時間想蠢事。」有一群孩子慢慢地圍了過來。

「馬戲團在那裡。」老闆說。
村長拉著他往廣場去。
「你們要表演什麼？」村長問。
「各種都有。」馬戲團老闆說。「我們替大人小孩準備了包羅萬象的表演。」
「這樣還不夠。」村長回答。「還要大家都付得起。」
「我們知道。」馬戲團老闆說。
他們一起前往電影院後方的一塊泥濘空地，那裡已經搭起了大帳篷。一群表情陰鬱的男人和女人從引人好奇、充滿想像的巨大銅皮箱子裡，拿出器具和色彩繽紛的雜物。村長有種置身在船難現場的錯覺，他跟著馬戲團老闆，穿過擁擠的人群和破爛雜物，沿路和每個人握手。有個體型魁梧的女人在握手後細細觀看他的手，她的動作俐落，嘴裡的每顆牙幾乎都鑽了孔。
「您的未來有些不尋常。」

村長抽回他的手，一股無法壓抑的失望瞬間掠過。馬戲團老闆拿起鞭子，輕輕抽了一下女人的手臂。「不要騷擾中尉。」他說，並沒有停下腳步，繼續推著村長往空地的盡頭走去，猛獸都關在那裡。

「您相信這套迷信？」馬戲團老闆問他。

「看狀況。」村長說。

「我怎麼都無法相信。」馬戲團老闆說。「幹我們這一行的，最後只相信人類的意志。」

村長凝視那些受不了燠熱而昏昏欲睡的動物。獸籠傳來一股酸臭的熱氣，牠們緩慢的呼吸透露一種失去希望的焦慮。馬戲團老闆拿著鞭子，輕輕磨蹭一隻豹的鼻子，撒嬌的動物扭成了一團。

「叫什麼名字？」村長問。

「亞里斯多德。」

「我是問那個女人。」村長解釋。

「喔。」馬戲團老闆說。「我們叫她卡珊德拉，預言明鏡。」

村長露出苦惱的表情。

「我想跟她上床。」

「任何要求都能辦到。」馬戲團老闆說。

蒙堤耶的寡婦拉開臥室窗簾，嘴巴低喃：「可憐的人。」她把夜桌收拾乾淨，將念珠和祈禱書收進抽屜，再把床前那張虎皮上的紫紅色拖鞋的鞋底清乾淨。接著，她在臥室裡走一圈，鎖上化妝臺、衣櫃的三扇門和一個四方形壁櫥，壁櫥上擺著一尊聖拉斐爾石膏像。最後，她鎖好房間。

她步下寬闊的階梯，石磚階面刻著恍若迷宮的圖案，她想著羅莎里歐・德蒙特羅不可思議的命運。蒙堤耶的寡婦剛剛從陽臺的欄杆，看見了羅莎里歐拐過街角，往港口而去，那頭也不回的走路姿態，是在女學生時代學到的，她內心浮現一種預感，好似某件從許久以前開始結束的事，終於完全劃下句點。

她走到樓梯平臺，映入眼簾的是院子裡恍若鄉間市集的熱鬧景象。欄杆一旁有個臺架，架子上有幾塊用新鮮葉子包起來的乳酪；再過去一點，就在外邊的長廊上，堆著幾袋鹽巴和幾個皮囊的蜂蜜，院子的盡頭有一間馬廄，裡面關著騾子和馬，梯子的橫木上擺著幾個馬鞍。整棟屋子彌漫一股散不去的馱畜氣味，還混合了鞣皮與榨糖的味道。

到了辦公室，蒙堤耶的寡婦向卡爾米蓋耶道早安，她的總管正在把一捆捆的鈔票分堆，與核對帳上的數字。她一打開向河的窗戶，九點的晨光立刻傾瀉而入，照亮廳內大量的廉價裝飾品，罩上灰色椅套的大扶手椅，和一大幅荷西．蒙堤耶的肖像，相框還掛著喪禮的黑絲帶。寡婦聞到一股腐臭味，接著看到幾艘船在對面河岸的沙洲邊。

「對岸怎麼鬧烘烘的？」她問。

「他們想把一頭死掉的母牛移走。」卡爾米蓋耶先生回答。

「所以那股臭味是那邊來的。」寡婦說。「我一整夜都夢見那股臭味。」

她瞥一眼專注在工作的卡爾米蓋耶先生又說：「現在只欠一場洪水。」

卡爾米蓋耶先生沒有抬起頭，他回答：

「早在十五天前就開始了。」

「這倒是。」寡婦同意他的說法。「現在末日已到，接下來就是躺在墓穴裡，迎著明朗的陽光，等待死亡那天降臨。」

卡爾米蓋耶先生一邊聽她說話，一邊繼續忙算帳。「很多年前，我們還在抱怨這是一座太過寧靜的村莊。」寡婦繼續說。「突然間，悲劇驟降，彷彿天主安排在這麼多年間停止發生的事，都擠在同一個時間內不斷發生。」

卡爾米蓋耶先生在保險櫃旁，回過頭看她，看見她兩隻手肘撐在窗邊，雙眼直視對面河岸。她穿著一件黑色洋裝，袖長蓋住了拳頭，正咬著手指甲。

「等雨停，事情就會好轉。」卡爾米蓋耶先生說。

「雨不會停的。」寡婦說，彷彿是一句預言。「不幸通常接二連三而來。您沒看見羅莎里歐·德蒙特羅的遭遇？」

卡爾米蓋耶先生看見了。「那起醜聞根本莫名其妙。」他說。「如果真的在意那些黑函講什麼，一定會發瘋。」

「黑函。」寡婦嘆口氣。

「我也收到黑函了。」卡爾米蓋耶先生說。

她一臉驚愕，走到辦公桌旁。

「您也收到了？」

「我也收到了。」卡爾米蓋耶先生又肯定一遍。「上個禮拜六，我收到了一大張黑函，上面寫得可詳細了，很像電影裡的那種警告信。」

寡婦拉了一張椅子到辦公桌旁。「那是毀謗。」她說。「像你們家這樣的模範家庭，能有什麼好讓人嚼舌根的呢。」卡爾米蓋耶先生面不改色。

「我的太太是白人，我們生的孩子兩種膚色都有。」他解釋。「您知道，我們有十一個孩子。」

「當然。」寡婦說。

「那張黑函說，只有黑皮膚的孩子，是我親生的。還列了一張其他孩子生父的清單。連荷西・蒙堤耶先生也在裡面。願他安息。」

「連我先生也在內！」

「除了您先生，還有其他四位夫人的先生。」卡爾米蓋耶先生說。

寡婦開始嚶嚶啜泣。「幸好我的女兒都在遠方。」她說。「她們說，她們不願意回到這個在街頭殺害學生的野蠻國家，我回答她們說得沒錯，要她們永遠留在巴黎。」

卡爾米蓋耶先生轉過身面向椅子，他知道每天必定上演的尷尬戲碼又開始了。

「您不用擔心。」他說。

「恰恰相反。」寡婦嚶嚶啜泣。「這裡受到不幸詛咒，就算會失去土地和每日繁忙的生意，我都該第一個打包家當，逃離這座村莊。不要啊，卡爾米蓋耶先生，我可不想往後只能往黃金臉盆吐血。」

卡爾米蓋耶先生試著安慰她。

「您要扛起該付負的責任。」他說。「不要平白放棄大筆的家產。」

「錢財是惡魔的糞土。」寡婦說。

「可是那也是荷西·蒙堤耶先生辛勤工作的血汗成果。」

寡婦啃咬她的手指。

「您知道這不是真的。」她回答。「那是不義之財，而荷西·蒙堤耶第一個遭到報應，他臨終前還沒懺悔就嚥下了最後一口氣。」

她不是第一次說出這句話。

「當然，該承擔罪過的是那個罪犯。」她叫嚷，並指著經過對面人行道的村長，他正拽著馬戲團老闆的胳膊。「但是卻得由我贖罪。」

卡爾米蓋耶先生留下她獨處。他把一捆捆鈔票用橡皮筋綁好放進紙箱，站在面向院子的門口，依照字母排列順序，叫來工人領取。

工人領完禮拜三的工錢，蒙堤耶的寡婦知道他們經過，但沒有回應他們的問好。她獨居在共有九個房間的屋子裡，格蘭德大媽死在這裡，荷西·蒙堤耶買下屋子時，並不知道妻子守寡後會住在這裡，忍受寂寞到躺進棺木的那一天。每天夜裡，當她拿著幫浦到空房間噴灑殺蟲劑，總會在走廊上遇到格蘭德大媽在撿跳蚤，她會問格蘭德大媽：「我什麼時候會死？」但是她跟亡靈愉快的對話只是徒增內心的不安，因為所有逝者的回答都是愚蠢和充滿矛盾。

十一點過後不久，淚眼汪汪的寡婦看見安赫神父穿過廣場。「神父，神父。」她呼喊，感覺這一聲呼喚是她的最後一步。但是安赫神父沒聽見。他在對面人行道上阿西斯的寡婦家前面敲門，大門悄聲地打開了一半，讓他進去。

走廊上鳥鳴婉轉，阿西斯的寡婦躺在一張亞麻布椅子上，臉部蓋著一條浸溼花露水的手帕。她聽到敲門的方式，就知道訪客是安赫神父，但是她繼續享受她短暫的放鬆時刻，直到聽到他的問候。這一刻，她拿開手帕露出那張飽受失眠折磨的臉孔。

「神父，不好意思。」她說。「我沒想到您這麼早來。」

安赫神父不知道她請他過來用午餐。他有些茫然，道了歉，說他頭痛了一個早上，想要趁著天氣還沒太熱之前穿過廣場。

「沒關係。」寡婦說。「我只是想說，我現在這個樣子慘不忍睹。」

神父從口袋拿出一本裝訂已鬆脫的祈禱書。「如果您需要再休息一下，我就利用這個時間祈禱。」他說。寡婦拒絕了。

「我好多了。」她說。

她閉著眼睛，走到走廊的另外一頭，回來時，把洗得光潔如新的手帕曬在摺疊椅的扶手上。當她面對著神父坐下來時，整個人似乎年輕了好幾歲。

「神父。」她說，語氣並沒有太多起伏。「我需要您的協助。」

安赫神父把祈禱書收進口袋。

「洗耳恭聽。」

「還是羅貝托．阿西斯的事。」

他原本保證不再想黑函的事，前一天出遠門後，打算禮拜六回來，可是當晚卻出其不意返家。回到家後，他就坐在漆黑的房間裡，直到天色破曉，等著太太可能的情人出現。

安赫神父不解地聽她述說。

「那是沒有根據的傳聞哪。」他說。

「神父，您不了解阿西斯家族的人啊。」寡婦回答。「他們會在內心想像地獄。」

「蕾貝卡能理解我對黑函的看法。」他說。「但是您想的話，我也願意找羅貝托·阿西斯談談。」

「萬萬不可。」寡婦回答。「那是火上加油。不過，您可以在禮拜日布道時談談黑函，我相信羅貝托·阿西斯聽了之後能有所反思。」

安赫神父雙手一攤。

「這怎麼可以。」他抗議。「這樣分明是要大家注意不重要的事。」

「最重要的是阻止兇案發生。」

「您相信事情這麼嚴重？」

「我不只相信。」寡婦說。「更確信以我的力量阻止不了。」

半晌過後，他們在餐桌邊坐下來。一位打赤腳的女僕端來豆泥飯、燉蔬菜，和一大盤淋上濃稠棕色醬汁的肉丸子。安赫神父安靜用餐。這一刻，他憂心忡忡，伴著辛辣的香料，屋內的寂靜，他恍若重返在馬康多初為神父時，那個在炙熱正午的簡陋小房間。有一天，一樣是塵土飛揚的大熱天，他不願替一位被無情的馬康多居民拒絕埋葬的絞刑犯舉行基督教葬禮。

他鬆開長袍的硬領，想讓脖子的汗水流下來。

「好吧。」他對寡婦說。「那麼，請務必讓羅貝托．阿西斯參加禮拜天彌撒。」

阿西斯的寡婦保證了這件事。

西拉爾多醫生和他的妻子從不睡午覺，這天下午，他們讀了一篇狄更斯的故事。他們待在內院，他躺在吊床上，雙手枕在脖子後面交握；她把書放在膝上朗讀，背對著從菱形天窗傾瀉而下的日光和怒放的天竺葵。她維持同樣坐姿，朗讀聲不帶一絲熱情，像一種刻意的專業音調。她讀完故事後，抬起了頭，書本依然打開擺在膝上，她的丈夫在臉盆洗手。熱氣預告一場暴雨即將來臨。

「這是一個長篇故事吧？」她問，開口之前她小心地斟酌了問題。

她的丈夫從臉盆抬起頭，那謹慎的動作是在手術室學來的。「聽說這是短篇小說。」他對著鏡子，一邊說一邊抹上髮油。「依我看來，這是一個長篇故事。」他用手指沾上凡士林按壓頭皮，接著下結論：「評論家可能會說這是個短篇故事，但篇幅較長。」

他在妻子的協助下，穿上了白色亞麻服飾。他的妻子儼然像位大姊，不只是那種平心靜氣服侍他的專注態度，更是因為她的眼底流露出一種年長者才有的冷然。出門前，西拉爾多醫生告知他出診的名單和順序，以防有急診上門，接著他撥好候診室內的告示鐘指針：醫生五點回診所。

毒辣的陽光把街道曬得發燙。西拉爾多醫生沿著涼蔭覆蓋的人行道走著，他心頭有個預感，儘管這一天天氣炎熱，午後卻不會下雨。港口一片寂寥，蟬叫聲顯得震耳欲聾，母牛已被拖出，順著水流沖走，腐臭味消失後，像是留下巨大的破洞，空氣稀薄了些。

電報員從旅館叫住他。

「您是不是收到一封電報？」

西拉爾多醫生回說沒收到。

「請告知病症，務必回信，簽名人阿爾克方。」他回想內容並告知他。

他們一起到電報局。當醫生寫回信時，電報員忍不住打起瞌睡。

「是胃酸。」醫生解釋，但對自己提出的科學論據不太有信心。他心頭已有預感不會下雨，但當他寫完時，又多寫了一句充作安慰的話：「或許今晚會下雨。」

電報員數了數字數。醫生沒理會他。他的注意力落在電報員旁邊那本打開的厚書。他問那是不是一本小說。

「那是雨果的《悲慘世界》。」電報員發出電報。他蓋好副本的印章，帶著小說回到欄杆旁。「我想，這本書夠我們聊到十二月。」

西拉爾多醫生從幾年前就知道，電報員總是在工作之餘，傳詩歌給聖貝爾納多德恩托的女電報員，但他不知道電報員也讀小說。

「該不會是認真的吧。」他邊說邊翻著破舊不堪的書頁，這本厚書喚醒了他記憶中青少年時期困惑不解的情感。「大仲馬的書可能比較適合。」

「她喜歡這本書。」電報員解釋。

「你已經認識她了？」

電報員搖搖頭。

「認不認識都一樣。」他說。「不論在世界上的哪個角落，我只要聽到她發出的打舌音，一定能認出她來。」

這一天下午，西拉爾多醫生也替沙巴斯先生看診一個小時。他見到沙巴斯先生無精打采躺在床上，只有腰部圍著一條毛巾。

「糖果好吃嗎？」醫生問他。

「是因為太熱了。」沙巴斯先生抱怨道。他移動像老祖母一樣的臃腫身軀，往門口看去。「吃完午飯後，我替自己打了一針。」

西拉爾多醫生在窗邊的桌上打開手提箱。蟬在院子裡鳴叫，房間內相當涼爽。沙巴斯先生到院子裡，坐下來勉強尿了一點。醫生替他採樣，用玻璃試管裝了琥珀色的尿液，這時病人打起了精神。他仔細看著醫生做檢驗並說道：

「醫生，請千萬小心處理，我還不知道小說的結局，可不想這樣就死了。」

醫生把一枚藍色藥片丟進尿液樣本。

「哪本小說？」

「黑函。」

沙巴斯先生的視線跟著醫生，看著他把玻璃管放在酒精燈上加熱。醫生聞了聞氣味。病人等著他，那雙失去光澤的眼珠子流露著疑問。

「了解。」醫生說，這時他把尿液往院子裡倒。接著他的視線搜尋著沙巴斯先生，「您也跟風了？」

「沒有。」病人說。「但是我很享受大家提心吊膽的模樣。」

西拉爾多醫生開始準備皮下注射針筒。

「而且，」沙巴斯先生繼續說。「我已經在兩天前收到我的黑函。上面寫的是老掉牙的那套：我的孩子們的醜事和驢子的往事。」

醫生用一條橡膠管綁住沙巴斯先生的血管。病人繼續聊著驢子的故事，醫生沒聽過，所以他不得不將來龍去脈重說一遍。

「二十年前我做過一批驢子的買賣。」他說。「偏偏好死不死，我賣掉的驢子都在兩天後的清晨暴斃，看不出任何慘遭虐殺的痕跡。」

他伸出鬆弛的手臂讓醫生抽血；西拉爾多醫生拿棉花覆蓋注射孔，沙巴斯先生縮回胳膊。

「您知道人們造了什麼謠？」

醫生搖搖頭。

「說我在夜裡摸進菜園，把左輪手槍塞進那些驢子的屁股，把牠們統統打死了。」

西拉爾多醫生把裝血的玻璃管收進外套口袋。

「這個故事聽起來挺像真的。」他說。

「是毒蛇咬的。」沙巴斯先生說，他坐在床上恍如一尊東方神像。「但無論如何，這是大家都知道的往事，寫成黑函實在蠢得可以。」

「這是所有黑函的共同特點。」醫生說。「黑函寫的是每個人都知道但又似是而非的事。」

沙巴斯先生頓時一陣惶恐。「這倒是真的。」他低喃，拿起了床單擦乾腫泡眼皮上的汗水。沒多久，他反應過來：

「其實啊，在這個國家，有哪筆財富的背後不是靠死驢子累積起來的。」

醫生聽到這句話時，正俯身在臉盆上。他看見自己映在水面上的表情：露出一排太過整齊而不太自然的牙齒。他回過頭看著病人說：

「親愛的沙巴斯先生，我一向認為您只有一個長處，那就是厚臉皮。」

病人聽了熱血沸騰。醫生的話猛然喚醒了他的某種青春。「除了厚臉皮，我的性能力也不差。」他說，而話吐出口時，他舉起了手想促進血液循環，醫生看在眼裡卻覺得他的動作粗魯無禮。沙巴斯先生輕輕地彈跳了一下。

「所以我對黑函嗤之以鼻。」他繼續說。「上面寫我的孩子們糟蹋山區很多含苞待放的姑娘，我說：虎父無犬子。」

告別之前，西拉爾多醫生不得不多聽了沙巴斯先生重溫他的性冒險往事。

「那是多幸福的年輕歲月。」最後病人大喊。「在那段快樂的日子，一個十八歲的姑娘還不比一頭小母牛值錢呢。」

「那些回憶會讓您的血糖濃度升高。」醫生說。

沙巴斯先生張開嘴巴。

「其實相反。」他回答。「那可是比您那些該死的胰島素注射劑更有效的良方。」

醫生到了街上，他感覺在沙巴斯先生血管裡流動的血液已經變成鮮美的濃湯。但是他擔心還有黑函。他從幾天前就在診所聽說了傳言。但直到這一天下午，替沙巴斯先生看完病後，他才發現這一個禮拜以來，他所聽到的內容談論的全都是這件事。

接下來的一個小時，他分別替幾個病人完成看診，而他們滿口都是黑函。他只是聽，不作任何評論，他試著假裝冷漠，擠出微笑應付，但內心想作出結論。他在回診所的途中，遇到離開蒙堤耶的寡婦家的安赫神父，神父把他從沉思中拉回。

「醫生，病人狀況都好嗎？」安赫神父問。

「神父，我的病人狀況都還好。」醫生回答。「那麼您的呢？」

安赫神父咬了咬嘴唇。他拉住醫生的胳膊，兩個人邁開腳步越過廣場。

「為什麼這麼問？」

「不知道。」醫生說。「我聽說您的客戶接二連三染上嚴重的傳染病。」

安赫神父岔開話題，動作讓醫生覺得相當刻意。

「我剛剛跟蒙堤耶的寡婦談完話。那個可憐的女人焦慮不堪，被折磨得不成樣子。」

「或許她是良心不安。」醫生判斷。

「是無法不去想死亡。」

他們住在完全相反的方向，但是安赫神父仍陪著他走到診所。

「神父，」醫生重拾話題。「說真的，您對黑函有什麼看法？」

「我不去想那些東西。」神父說。「但是您如果非要我說，我會說那是嫉妒作祟，這在一座村莊難免都會發生。」

「不管是今天還是中世紀，我們醫生都不能這麼診斷。」西拉爾多醫生回答。

他們在診所前面停下腳步。安赫神父緩緩地搧風，並說「不要注意不重要的事」，這是今天他第二次這麼說。西拉爾多醫生感覺一股隱約的失望掠過心頭。

「神父，您怎麼知道黑函說的那些東西都不是真的？」

「我從告解室聽到的。」

醫生冷冷地看著他的雙眼。

「如果您不是從告解室聽到的可就嚴重了。」他說。

這一天下午，安赫神父發現連窮人家也開始講起黑函，但是講的方式不同，他們的語氣輕鬆愉快。他吃午餐時胃口不錯，到了祈禱時間卻感覺頭開始刺痛，認為問題出在午餐的肉丸。接著，他查看當天電影的道德分級類別，當他敲打十二聲鐘響時，發現他這輩子頭一次感覺到一種負面的傲慢浮現。最後，他把一張凳子搬到臨街大門旁，當眾坐在那裡，看誰敢違反他的警告進入電影院，這時他已經頭痛欲裂。

村長進了電影院。他坐在觀眾席的一個角落，電影播映前，已經抽掉兩根菸。他的牙齦已經完全消腫，但是身體還沒康復，他想起前幾晚的折磨、麻醉藥的傷害，再加上香菸的氣味，感覺到一陣陣的噁心襲來。

放映廳是一個水泥牆圍起的庭院，鋅板屋頂遮住了半個觀眾席，每天天亮後，院子裡的青草彷彿施過肥，滿地都是口香糖和菸蒂。一時之間，村長感覺頭暈眼花，看見了木頭長凳和隔開電影院前排座位的鐵柵欄浮在半空，盡頭投映電影的白色牆壁開始扭曲起伏。

燈光暗下時，他感覺舒服多了。這時，擴音器刺耳的音樂停止，但是裝在放映機旁一個小木屋上的發電機更加賣力震動。

電影開始前，先播映了幾則廣告。這時，竊竊私語、謹慎的腳步聲和斷續的嘻笑聲響起，在昏暗中持續了幾分鐘。村長猛然驚起，他想著，這些偷偷摸摸進場的人違反了安赫神父的鐵律。

當村長聞到花露水的氣味時，立刻認出是電影院老闆經過他的身邊。

「土匪。」他抓住電影院老闆的手臂，低聲對他說。「你得繳特別稅。」

電影院老闆低聲笑開，在他旁邊的位置坐下來。

「這是一部好電影。」他說。

「對我來說，」村長說。「寧可全部都是壞電影。道德電影最無聊。」

幾年前，根本沒人認真看待神父的禁電影鐘聲。但每逢禮拜天，安赫神父就在主日彌撒的布道壇上點出前一個禮拜違反他的警告的婦女，把她們趕出教堂。

「救贖在後面那扇小門。」老闆說。

村長開始看播放的過時新聞。他邊看邊聊，每播到有趣的地方，就停頓一下。

「總之，還不都一樣。」他說。「神父不讓穿短袖的婦女領聖禮，她們照樣穿短袖，只是在進教堂參加彌撒之前，套上假袖子。」

新聞播完後，出現的是下個禮拜上映的電影預告。他們安靜地看著。預告片結束後，老闆向村長靠過去。

「中尉。」他喃喃地說。「買下我這個棘手的生意吧。」

村長仍盯著銀幕看，沒別開視線。

「這不是生意。」

「對我來說不是。」老闆說。「可是，對您來說卻是金礦。原因再清楚也不過：神父不會敲鐘找您的麻煩。」

村長思索了半晌，然後回答。

「我明白。」他說。

可是他沒給清楚的答案。他抬起腳踏在前面的長凳上，然後專注在撲朔迷離的電影情節發展中，最後他心想，這部電影敲四聲鐘就夠了吧。

離開電影院後，他到了撞球間賭彩券。天氣很熱，收音機播送刺耳的音樂。喝了一瓶礦泉水後，村長準備回去睡覺。

他沿著河岸踱步，神情悠閒自在，黑暗中，他感覺到河水的漲潮、聲響，和那恰似龐大身軀動物的氣味。當他走到臥室門口的下方，他往後跳一步，掏出了左輪手槍。

「到亮處來。」他用繃緊的語氣說。「不然我立刻開槍。」

黑暗中傳來相當甜美的嗓音。

「中尉，不要緊張。」

他仍舊舉著上膛的槍，直到看見藏身在漆黑中的人出來。是卡珊德拉。

「真是千鈞一髮。」村長說。

他要她到樓上的臥室去。卡珊德拉一邊說話，一邊跟著爬上陡峭的階梯，花了好一會兒時間。她在吊床上坐下來，說話時順便脫掉了鞋子，然後帶著些許的天真，看著塗成紅豔豔的腳趾甲。

村長跟她對坐，拿著制服帽搧風，他遵照一般該有的禮貌，聽著她說話。他再次抽起菸。當傳來十二聲鐘響，她整個人趴躺在吊床上，伸出一隻手捏了一下他的鼻子，那手臂戴的一套手環發出清脆的碰撞聲。

「孩子，很晚了。」她說。「把燈關掉。」

村長露出微笑。

「這一次另有目的。」他說。

她不懂他的話。

「您會算命？」村長問。

卡珊德拉坐回吊床。「當然。」她說。她懂了，於是穿上鞋子。

「可是我沒帶紙牌。」她說。

「人就是改不掉惡癖。」村長笑著說。

他從行李箱底部拿出幾副老舊的紙牌。她仔細檢查每張牌，正面反面都不放過，萬分謹慎。「這些舊紙牌是最好的紙牌。」她說。「可是無論如何，最重要的是能溝通。」村長繞過一張小桌子，在她的面前坐下來，卡珊德拉把紙牌鋪好。

「要問愛情還是生意？」她問。

村長擦乾手上的汗水。

「生意。」他說。

6

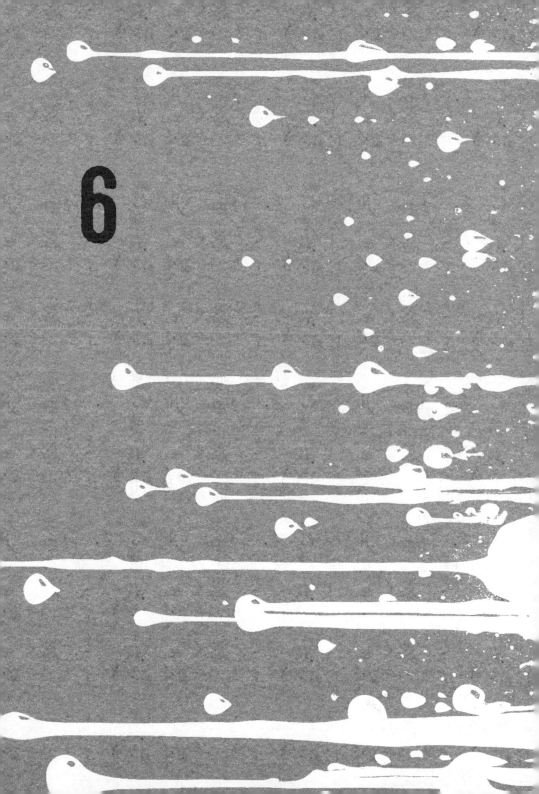

一頭無主的驢子在村舍的屋簷下躲雨，牠踢著臥室的牆壁一整夜，一刻也沒停歇。這是不平靜的一夜。天亮時，安赫神父好不容易匆匆睡了一覺，醒來後感覺自己灰頭土臉。晚香玉在綿綿細雨中沉睡，廁所的臭氣，和教堂在五點鐘響後彌漫的哀傷氣息，彷彿串通好，組成這個沉重的清晨。

神父在聖器室更衣，準備主持彌撒，他感覺蒂妮妲正在收拾死老鼠，還有每天參加彌撒的婦女悄聲走進教堂。彌撒進行時，神父發現侍祭犯了一連串失誤，而且拉丁文十分蹩腳，心底的怒氣逐漸升高，到了最後一刻，轉為曾在他一生倒楣時刻折磨他的挫折感。

他準備去用早餐半途，遇到蒂妮妲端著發亮的臉，擋去他的路。「今天多死了六隻。」她說，並搖了搖箱子，死老鼠撞在一起發出響聲。安赫神父試著壓抑他的不安。

「真厲害。」他說。「下一步，就是找到牠們的巢穴，一舉剷除牠們。」

蒂妮妲已經找到巢穴。她解釋自己是怎麼找到分布在教堂內不同角落的巢穴，尤其是在鐘塔和洗禮堂，以及她如何拿了瀝青封住穴口。這一天早上，她發現有隻老鼠發瘋似地撞牆，因為找了一整夜都找不到家門口在哪裡。

他們一起來到鋪碎石的小庭院，第一批的晚香玉已經挺直了莖稈。蒂妮妲花了點時間把鼠屍丟進廁所。當她回到辦公室，安赫神父已經拿開覆蓋餐點的餐巾，準備吃像是變戲法一般出現的早餐，那是阿西斯的寡婦每天早上差人送來的。

「我忘記我不能買砒霜。」蒂妮妲一進門就嚷嚷。「拉洛・默思克德先生說，他要拿到醫生開的證明才能賣。」

「沒有必要。」神父說。「所有的老鼠都會死在巢穴裡。」

神父拉了一張椅子到桌邊，擺好一個杯子、一盤切片圓麵包，和印著日本龍圖的咖啡壺，這時蒂妮妲打開了窗戶。「要做好牠們會回來的準備。」她說。安赫神父倒了咖啡，突然間他停下動作，看著蒂妮妲穿著直筒長袍和破爛的短靴，往餐桌走過來。

「妳太擔心這件事了。」他說。

不管是以前還是這一刻，安赫神父都不曾看過蒂妮妲那雙雜亂的濃眉間流露過焦慮。他無法克制手指的輕顫，替自己倒完咖啡後，他加了兩小匙糖攪拌，視線盯著掛在牆上的耶穌受難像十字架。

「妳多久沒告解了？」

「禮拜五之後。」蒂妮妲回答。

「告訴我。」安赫神父說。「妳是不是對我隱瞞什麼罪過？」

蒂妮妲搖了搖頭。

安赫神父閉上眼睛。他突然停止攪拌，把小湯匙放在盤子上，然後抓住蒂妮妲的手臂。

「跪下。」他說。

蒂妮妲不知所措，只得把紙箱放在地上，在他的面前跪下來。「說我是罪人。」安赫神父用在告解室的音調說。蒂妮妲握緊拳頭，舉在胸前，用模糊的聲音低聲禱告，直到神父把手搭在她的肩膀上並說：

「好了。」

「我撒謊。」蒂妮妲說。

「還有什麼。」

「我犯了邪惡的念頭。」

這是她告解的順序。她總是照著一樣的順序，數一遍同樣的罪過。然而，這一次安赫神父忍不住想一探究竟。

「比如說有哪些。」他說。

「我不知道。」蒂妮妲囁嚅。「有時邪惡的思想就是會出現。」

安赫神父挺直身體。

「妳是不是有過自殺念頭？」

「聖潔的聖母瑪利亞。」蒂妮妲低著頭驚呼，同時用指關節敲打桌腳。

然後她回答：「神父，我不曾有那種念頭。」

安赫神父強迫她抬起頭，發現女孩已經熱淚盈眶。

「妳的意思是，砒霜是真的要毒老鼠用的？」

「是的，神父。」

「那麼，妳為什麼要哭？」

蒂妮妲想要低下頭，但是神父用力托起她的下巴。她淚如雨下。安赫神父感覺到她的淚水像是溫熱的醋水，在他的指間滾落。

「冷靜下來。」他對她說。「妳還沒告解完畢。」

他讓蒂妮妲安靜哭泣，發洩她的情緒。當他感覺她已經哭完，便用溫和的語氣對她說：

「好了，現在告訴我吧。」

蒂妮妲抓著裙子擤了擤鼻涕，吞下一大口摻雜淚水變鹹的唾液。當她再次開口，已經恢復那特有的男中音嗓音。

「我的伯父安波羅修騷擾我。」她說。

「那是怎麼回事。」

「他希望在我的床上過夜。」蒂妮妲說。

「繼續說。」

「就這樣而已。」蒂妮妲說。「我以天主之名發誓，就這樣而已。」

「不用發誓。」神父大聲斥責，接著他用告解時的平靜語氣對她說：「告訴我一件事，妳跟誰睡？」

「跟我媽媽和其他七個女人。」蒂妮妲說。「我們七個睡一個房間。」

「那他呢？」

「在另外一個房間，男人睡一間。」

「他從沒去過妳的房間？」

蒂妮妲搖了搖頭。

「說實話。」安赫神父不死心追問。「來，別怕，他從沒企圖進妳的房間？」

「有一次。」

「怎麼發生的？」

「不知道。」蒂妮妲說。「我醒過來，感覺他悄悄潛進蚊帳，跟我說他沒有要對我做什麼，他只是怕公雞，所以想跟我一起睡。」

「什麼公雞？」

「我不知道。」蒂妮妲說。「他就是對我這樣說。」

「那妳跟他說什麼？」

「我說，他再不走，我要尖叫，讓所有人都醒過來。」

「那他怎麼做？」

「卡絲度拉醒過來，問我發生什麼事，我回說沒事，應該是做夢，而他活像個死人，一動也不動，到後來我都沒發現他是怎麼溜出蚊帳的。」

「他肯定穿著衣服。」神父用一種確信的語氣說。

「他穿著睡覺的衣服。」蒂妮妲說。「也就是只穿褲子。」

「他沒對妳動手動腳。」

「沒有，神父。」

「說實話。」

「是真的，神父。」蒂妮妲堅持說法。「我以天主之名發誓。」

安赫神父再次托起她的下巴，直視她那雙溼潤的眼睛，淚光中泛著悲傷。

「妳為什麼要對我隱瞞這件事？」

「我害怕。」

「怕什麼？」

「神父，我不知道。」

神父把手搭在她的肩膀，對她語重心長地勸誡一番。蒂妮妲點點頭接受。當結束時，神父開始和她一起禱告，把聲音壓得很低說：「耶穌基督，真天主與真人……」他帶著些許惶恐，真心誠意禱告，在祈禱的過程，就自己的記憶所及，在內心默默回顧他的一生。到了赦罪時刻，他的心頭開始盤據一種混亂的思緒。

村長推開門，大聲嚷嚷：「法官。」臥室裡面只有阿爾卡迪歐法官的情婦，她往裙子擦乾雙手。

「他已經兩晚沒來了。」她說。

「該死。」村長說。「他昨天沒來辦公室。我有件無解的急事，到處找他。沒有人知道他可能在哪裡嗎？」

「應該泡在妓女堆那裡。」

村長沒關上門就離去。他踏進撞球間，裡面的自動留聲機正大聲地播放一首情歌。他直接走向盡頭的包廂大叫：「法官。」老闆羅格先生放下手邊蘭姆酒裝瓶的工作。「中尉，他不在這裡。」他大喊。村長闖進屏風內側。幾群男人聚在裡面打牌。沒有人看見阿爾卡迪歐法官。

「混帳。」村長咒罵著。「這座村莊知道每個人幹了什麼事，現在我需要知道法官在哪裡，卻沒有人知道他去了哪兒。」

「去問貼黑函的人吧。」羅格先生說。

「不要拿那些鬼紙張糊弄我。」村長說。

阿爾卡迪歐法官也不在他的辦公室。這時是九點，但是法官的秘書已經在庭院的走廊上打盹兒。村長前往警局，要三名警員換上衣服，派他們到舞廳和每個人都知道的地下賣春女的房間去找阿爾卡迪歐法官。接著他漫無目的在街上閒晃。他在理髮廳找到了阿爾卡迪歐法官，後者正癱坐在椅子上，臉上蓋著一條熱毛巾。

「真該死，法官。」他大吼。「我找了您整整兩天。」

理髮師拿開毛巾，村長看見一雙腫脹的眼睛，和三天沒刮的鬍碴。

「您的女人正在生孩子，您卻不見人影。」

阿爾卡迪歐法官從椅子上驚跳起來。

「狗屎。」

村長哈哈大笑，把他推回椅背。「別耍笨。」他說。「我找您是為了其他事。」於是阿爾卡迪歐法官閉上眼睛，再次伸展四肢坐好。

「快點結束，到法院來。」村長說。「我等您。」

他在椅子上坐下來。

「您該死地到哪兒去了？」

「就在附近。」法官說。

村長不常來理髮廳。有一次，他看到牆壁釘著一張告示：禁止談政治，但當時他覺得並無不妥。然而，這一次他卻感覺格外刺眼。

「葛迪沃拉。」他叫。

理髮師正把剃刀往褲子擦乾淨，動作停在半途。

「中尉，怎麼啦？」

「是誰准許你貼那個東西？」村長指著告示問。

「憑經驗。」理髮師說。

村長拿來一張凳子到理髮廳盡頭，爬上凳子把告示拔下來。

「這裡唯一有禁止權利的是政府。」他說。「我們在民主時代。」

理髮師繼續幹活。「沒有人能禁止人們表達他們的想法。」村長繼續說，並且撕碎那張厚紙。他把紙屑扔進垃圾桶，到鏡臺旁洗手。

「看到沒，葛迪沃拉。」阿爾卡迪歐法官下結論。「告密會是這種下場。」

村長搜尋鏡中的理髮師的身影，發現他正專注在手中的工作。他盯著他不放，看著他擦手的動作。

「以前跟現在不同的是，」他說。「以前是政治人物發號施令，現在是政府。」

「你聽見了，葛迪沃拉。」阿爾卡迪歐法官說，他的臉上都是泡沫。

「當然聽見了。」理髮師說。

踏出理髮廳後，村長推著阿爾卡迪歐法官前往法院。綿綿細雨中的街道，像是剛抹上一層肥皂泡沫。

「我一直認為那裡是陰謀分子的巢穴。」村長說。

「只是傳說而已。」阿爾卡迪歐法官說。「但是沒那回事。」

「這正是我不舒服的一點。」村長說。「他們太過平靜。」

「在人類歷史上，」法官下結論。「還沒聽過有哪個理髮師是陰謀家。相反地，裁縫師都毫無例外。」

村長一直抓著阿爾卡迪歐法官的手臂，讓他在旋轉椅坐妥後，才鬆開了手。秘書一邊打呵欠，一邊走進辦公室，手中拿著一張打字機寫的紙。「好啦。」法官對村長說。「我們快開始吧。」村長把制服帽往後推，接過那張紙。

「這是什麼？」

「給法官的姓名清單，上面的人還沒收到黑函。」秘書說。

村長一頭霧水，看向阿爾卡迪歐法官。

「喔，混帳！」他驚呼。「原來你們也在關注這件蠢事。」

「這就像讀懸疑小說一樣。」法官辯解。

村長看過清單。

「這份資料很有用。」秘書解釋。「兇手應該是其中一個吧。這樣猜是不是合理？」

阿爾卡迪歐法官從村長手中拿過那張紙。「這豈不愚蠢至極。」他對村長說。接著他對秘書說：「如果黑函是我張貼的，我做的第一件事一定是先在自家門口貼一張，好洗清嫌疑。」然後他問村長：

「中尉，您也這麼覺得吧？」

「人們淨是在做蠢事。」村長說。「他們知道怎麼操弄，我們不要蹚這渾水。」

阿爾卡迪歐法官把紙張撕碎，揉成一團，扔進院子裡。

「沒錯。」

村長沒回答，他已經把這件插曲拋到腦後。他雙手按著辦公桌說：

「喔，我有件煩人的事，希望您能幫忙查一下您的書。因為發生水災，住在地勢比較低的社區的人，把他們的屋子搬到墓園後面的空地，那一片是我的地產。我該怎麼處理這種狀況？」

阿爾卡迪歐法官面露微笑。

「處理這種小事，不用特地來辦公室。」他說。「這是全世界最簡單的事：市政府要把地判給移民，然後提供相關的補償給出示正確地契的人。」

「我有地契。」村長說。

「那麼，指派專家評估。」法官說。「市政府會負責費用。」

「由誰來指派呢？」

「可以由您親自來指派。」

村長調整好槍套，往門口邁開腳步。

阿爾卡迪歐法官看著他離開，心想人生只不過是一幕幕掙扎求生的機會所組成。

「不要窮緊張，這件事很簡單。」他微笑說。

「我沒緊張。」村長一臉正經地說。「但是這到底還是一件煩人的事。」

「沒錯，而且您得先指派一位檢察官。」秘書插嘴。

村長轉向法官。

「這是真的嗎？」

「在戒嚴時期，不一定是必要的。」法官說。「但當然囉，您恰巧是那片有糾紛的土地的地主，如果能在這場交易中指派檢察官，更能顯示您的清白。」

「那麼就指派吧。」村長說。

班海明先生換腳踩上擦鞋箱，視線仍緊盯著街道中央一群爭奪一截腸子的黑美洲鷲不放。他仔細觀察那些鳥禽的動作，是那樣奇特、霸氣、隆重，彷彿跳著一支古代的舞蹈，他不由得欽佩起在五旬節的禮拜天扮演黑美洲鷲的人，他們將角色詮釋得惟妙惟肖。他腳邊的小伙子替另外一隻鞋子上蠟，再次敲敲箱子，示意他換腳。

班海明先生是個個性不急的人，曾經靠代寫申請書餬口。他經營一間店，在不知不覺飛逝的時光中，他慢慢地吃空了店鋪，到現在只剩下一加侖汽油和一把蠟燭。

「就算下雨，也一樣很熱。」小伙子說。

班海明先生不這麼想。他的亞麻服飾潔淨無瑕，小伙子反而背部溼漉漉。

「熱不熱是心理問題。」班海明先生說。「重點在於不要注意這件事。」

小伙子沒有回應。他再次敲了敲箱子，半晌過後，他幹完活。班海明先生回到他那間貨架上空無一物的陰暗商店裡，接著，他穿上外套，戴上草帽，撐著雨傘遮蔽細雨，穿過街道，到對面房子的窗邊叫人。有個女孩從半開的小門探出來，她有一頭濃黑的頭髮，膚色卻異常蒼白。

「妳好，蜜娜。」班海明先生說。「妳還沒去吃午餐？」

她回答還沒，然後打開了窗戶。她坐在一個大籃子前面，裡面裝著剪斷的鐵絲和彩色紙張。她的膝放著一團線、一把剪刀，和一束還沒完成的紙花。留聲機正在播放一張唱片。

「在我回來之前，請妳幫忙看店。」班海明先生說。「會不會很久？」

班海明先生仔細聽了一下那張唱片。

「我要去看牙醫。」他說。「半個小時後就回來。」

「喔，好吧。」蜜娜說。「瞎婆婆不喜歡我在窗戶邊待太久。」

班海明先生不再聽唱片。「現在的歌曲都一模一樣。」他說。蜜娜拿起一朵完成的花，接在一根包綠紙的長鐵絲上。她伸出手指，把花轉了又轉，沉醉在歌曲和花朵的完美搭配之中。

「您和音樂簡直水火不容。」她說。

但是班海明先生已經走開，他踮著腳尖走路，不想嚇跑那些黑美洲鷲。

蜜娜看見他到了牙醫診所叫門，才又繼續手邊的工作。

「依我看來，」牙醫打開門並說。「變色龍的高敏感度是在那雙眼睛。」

「很有可能。」班海明先生說。「但是，怎麼突然講起這個？」

「我剛剛從收音機聽到，眼睛的變色龍不會改變顏色。」牙醫說。

班海明先生把打開的雨傘放在角落，將外套和帽子掛在同一根釘子上，接著在椅子上坐下來。牙醫在一個砵裡攪拌一種粉紅色的膏狀物。

「最近傳言真多。」班海明先生說。

他講話總是拐彎抹角，神秘莫測，不只在這一刻，而是向來如此。

「關於變色龍嗎？」

「關於每個人。」

牙醫拿著調好的膏狀物走到椅子旁，準備替他印模。班海明先生拿下已經缺損的假牙，用手帕包好，放在椅子旁邊的玻璃擱板上。他此刻沒有牙齒的模樣，加上狹窄的肩膀，和細瘦的四肢，竟有些神似聖人。牙醫把那碗膏糊塗在他的上顎，要他閉上嘴巴。

「關於我的，的確沒錯。」牙醫直視他的眼睛說。「我是個懦夫。」

班海明先生深吸一口氣，但是牙醫要他繼續閉著嘴巴。「不是。」他在內心默默回答。「才不是呢。」他跟每個人都知道，牙醫曾經死守他的家。他們把他家牆壁打得彈痕累累，限他在二十四小時內離開村莊，卻怎麼也無法讓他聽話。牙醫將診間搬到屋內的一個房間，工作時，他鎮定自若，左輪手槍就放在觸手可及的位置，過了好幾個月戰戰兢兢的漫長日子。

進行看牙時，牙醫看見班海明先生的雙眼數次流露相同的回答，不過帶著不同程度的憂慮。但他要他繼續閉著嘴巴，等待膏糊凝固。不久他拿下印模。

「我不是指那個。」班海明先生終於痛快說出。「我是指黑函。」

「喔。」牙醫說。「連你也在關心那件事。」

「這是社會瓦解的徵兆。」班海明先生說。

他重新戴上假牙，小心翼翼地穿好外套。

「這是大家遲早都會知道的徵兆。」牙醫冷漠地說。他看了一眼窗外陰暗的天空，接著說：「如果想要的話，你可以等待放晴再走。」

班海明先生把雨傘掛在手臂。「店裡沒人。」他說，然後看向那吸飽雨水的厚重烏雲。他拿起帽子揮別。

「奧雷里歐，丟開那個想法。」他站在門口說。「你只不過是替村長拔牙，沒有人會因此認為你是懦夫。」

「關於這件事，」牙醫說。「請你等一下。」

他走到門口，拿了一張對摺的紙給班海明先生。

「讀一下，然後傳給其他人看。」

班海明先生不用打開紙，也知道裡面是什麼。他目瞪口呆地望著牙醫。

「還要再一次？」

牙醫點點頭肯定，就這樣站在門口目送班海明先生離開。

中午十二點，牙醫的妻子叫他來吃午飯。他二十歲的女兒安潔拉在飯廳裡補襪子，飯廳只有簡單的家具，布置十分簡樸，物品看起來從一開始就是老舊。在通往院子的那座木頭扶手上，有一排紅漆花盆，種的是藥用植物。

「班海明那傢伙真可憐。」牙醫在他的圓桌位置坐下來時說。「他也追著黑函的事。」

「所有人都追著黑函跑。」他的妻子說。

「托瓦爾一家要離開村莊了。」安潔拉插話。

女主人接過盤子，替他們盛湯。「他們急著變賣所有的東西。」她說。牙醫聞到熱湯的香味，把妻子的擔憂都拋到腦後。

「他們會回來的。」他說。「恥辱很快就會被遺忘。」

他吹了吹湯匙，喝下湯，等著女兒的回答，這個女孩跟父親一樣外表看上去有些無精打采，然而那雙明眸炯炯有神。不過她回答的並不是他預期的話。她講起了馬戲團。她說有個男人拿鋸子把妻子鋸成兩半，有個侏儒把頭伸進獅子的嘴巴裡唱歌，有個高空鞦韆特技演員在一個鋪滿尖刀的平臺上空表演致命的三連翻。牙醫一邊聽她說，一邊默默吃飯。最後，他對家人承諾，若是這天晚上沒下雨，他們就一起去看馬戲團。

當他回到臥室，掛起吊床準備睡午覺，他發現雖然他答應看馬戲團，妻子的心情依舊沒有轉好。她也打算，如果收到黑函的話，就離開村莊。

牙醫聽她說出這番話，並未感到驚訝。「這真好笑。」她說。「子彈嚇不跑我們，但是一張貼在門上的紙卻能做到。」他脫下鞋子，穿著襪子就躺上吊床，他安撫妻子：

「妳不要太擔心，我們不太可能收到黑函。」

「黑函不長眼睛的。」他的妻子說。

「看狀況。」牙醫說。「大家都知道我要付出的是其他代價。」

他的妻子躺在床上，一臉無盡的疲倦。

「除非你知道是誰貼的。」

「貼的人會知道是誰貼的。」

村長經常一連好幾天不進食。他只是很單純地忘記吃飯這件事。有時他忙得不可開交，工作的內容並不固定，大部分的日子枯燥乏味，他無所事事，在村莊裡漫無目的地閒晃，或者關在銅牆鐵壁辦公室裡，毫無感覺時間的流逝。他總是獨來獨往，偶爾行蹤不明，沒有特殊嗜好，也不記得哪段時間有過什麼規律的習慣。除非到了緊急的地步，他才會回到旅館，不管任何時間就吃上一頓飯。

這一天，他跟阿爾卡迪歐法官共進午餐。他們整個下午都待在一起，直到確認土地的出售是合法的。各路專家都完成了他們的任務。臨時指派的檢察官擔起了兩個小時的職務。四點過後不久，他們兩個踏進撞球間，彷彿從一場為了尋找未來的艱困出征中返回。

「大功告成。」村長鼓鼓掌。

阿爾卡迪歐法官沒理會他這句話。村長看見他正忙亂地在吧檯邊找板凳，於是給他一顆止痛劑。

「一杯水。」他指示老闆羅格。

「我要一杯冰啤酒。」阿爾卡迪歐法官趴在吧檯上，改了村長的話。

「冰啤酒也可以。」村長改口，把錢放在櫃檯上。「這是他像個男子漢掙來的。」

喝完啤酒，阿爾卡迪歐法官伸出手指揉揉頭皮。撞球間裡彌漫節慶的歡樂氣息，大家都在等待馬戲團遊街。

村長從撞球間裡面看見了馬戲團。第一個出現的是一位銀色洋裝的女郎，她在樂隊的敲鑼打鼓聲中搖擺，騎著一頭侏儒大象，大象張著恍若芋頭葉的招風大耳。跟在後面的是幾個小丑和高空鞦韆特技演員。天空已經完全放晴，一天將盡的陽光剛剛曬熱了雨水洗過的黃昏。音樂戛然停止，踩高蹺的男人高聲宣傳節目，全村居民悄悄地冒出地面，彷彿奇蹟的一幕。

安赫神父在他的辦公室看見了遊行，跟著音樂的節奏搖頭晃腦。這種感覺喚起他童年回憶，撫慰他心靈，陪伴了他整頓飯時間，和接下來的第一晚，之後他完成電影入場的監督，回到房裡獨處。禱告過後，他坐在籐製搖椅上，沉醉陷在一種哀傷中，沒注意九點的鐘響是何時響起的，電影院的擴音器關閉，只剩下蛤蟆的叫聲。他起身到辦公桌，準備給村長寫個請求。

村長應馬戲團老闆的邀請，坐在他們的榮譽座位上，他欣賞了高空鞦韆特技演員的開幕表演和小丑的出場秀。接著，卡珊德拉出現了，她穿著一件黑色天鵝絨服飾，蒙著雙眼，自告奮勇預測觀眾的內心想法。村長溜了。他跟平常一樣，沿著村莊走一圈，到了十點前往警局。他在局裡收到一封安赫神父的請求信，字體相當工整端正。村長對於這個非比尋常的請求特別感到警覺。

當村長叫門時，安赫神父正在更衣。「老天。」神父說。「我沒想到您動作這麼快。」村長在進門前摘下帽子。

「我喜歡回信。」他露出微笑。

他在搖椅上坐下來，把制服帽當唱片那樣轉動。木架下面，擺了幾瓶冰鎮在水盆裡的蘇打水。安赫神父拿出一瓶。

「要不要喝檸檬水？」

村長接受了他的好意。

「我的叨擾，」神父開門見山說出他的目的。「是為了向您表達，我十分擔心您對黑函視若無睹的態度。」

他用一種或許能當成玩笑的語氣述說，但是村長很清楚他的意思。他感到不解，不禁問自己為什麼安赫神父這麼擔心黑函，因而願意走到這一步。

「神父，真奇怪，連您也在追著這件事不放。」

安赫神父在桌子抽屜翻找開瓶器。

「我擔心的不是黑函本身。」他說，神情有些恍然，不知道該怎麼開瓶塞。「這樣說好了，我擔心的是這一切失去了某種程度的公平正義。」

村長把瓶子拿過來，用他那雙靴子的鐵片打開了瓶塞，他的左手十分靈活，引起了神父的注意。他舔了舔瓶子頸部溢出的泡沫。

「這是攸關私生活。」他吐出了這句話，卻說得有頭無尾。「說真的，神父，我不知道能怎麼做。」

神父在辦公桌前坐下來。「您應該知道怎麼做的。」他說。「總之，這對您來說，可不是第一回遇上。」他的視線游移不定，繞了房間一圈，最後換了個語氣說：

「問題在於，要在禮拜天之前做點什麼。」

「今天已經是禮拜四了。」村長指出。

「我知道時間急迫。」神父回答。接著他又按捺不住衝動說：「但是由您來完成該做的工作，或許還不算太遲。」

村長真想扭斷瓶子的長頸。安赫神父看著他在房間的兩頭來回踱步，那股冷靜沉著，那瘦削的身材，絲毫不見歲月的痕跡，他不禁感到一種強烈的自卑感。

「正如您所見，」神父強調。「這並非困難重重。」

鐘塔傳來十一點的鐘響。村長等到最後一聲鐘響消逝，俯身向前，雙手撐在桌上，面對著神父。他的臉孔有一股壓抑不住的不安，聲音也流露相同的情緒。

「神父，請您看清楚一件事。」他開始說。「村莊一片祥和，民眾開始對政府產生信心。在這種時刻，只為了一件微不足道的小事，而請任何力量介入，都可能招致太高的風險。」

神父點點頭同意。他試著解釋：

「用一般方式來說，我指的是政府要採取一些措施。」

「無論如何，」村長不改態度繼續說。「我會注意情況的發展。您知道的：我有六個警員關在警局，領薪水卻無事可做。我沒辦法改變他們。」

「我知道。」安赫神父說。「我並沒有責怪的意思。」

「目前大家都知道他們有三人是普通罪犯，從牢裡出來假扮警員。事情就是這樣，我沒辦法冒險趕他們去街上抓幽魂。」村長滔滔不絕，不容許也不留給他打斷的機會。

安赫神父雙手一攤。

「當然，當然囉。」他認同他的決定。「這當然不在選擇內。但比方說，為什麼不找善良的百姓來做呢？」

村長伸伸懶腰，他有一口沒一口地啜飲，前胸後背汗水淋漓。他說：

「正如您所說，善良百姓對黑函可說是嗤之以鼻。」

「並不是每個人都這樣。」

「況且，因為這種小事驚動民眾，真的不值得啊。」他語氣愉悅地下了結論。「神父，老實說，在今晚之前，我從沒想過您和我會跟這件蠢事扯上關係。」

安赫神父換上溫柔的態度。「的確有某種程度的關係。」他回答，並大費一番脣舌辯護，使用他從前一天跟阿西斯的寡婦共進午餐後，就開始在內心思索醞釀的熟悉的布道用語。

「或許可以這樣說，」他下結語。「或許這是一種道德層面的恐怖主義。」

村長露出坦然的微笑。「好吧，好吧。」他打斷了神父的話。「神父，沒有必要把哲學和那些紙張扯在一起。」他把沒喝完的蘇打水放在桌上，以最平和的態度退讓。

「如果您認為事情非同小可，我會看看該怎麼做。」

安赫神父向村長表達感謝。他說，禮拜天若是為這件事憂心忡忡地上了布道壇，可一點也不愉快。村長試著想再多深究細節，不過他發現時間太晚，已經耽誤了神父的睡覺時間。

7

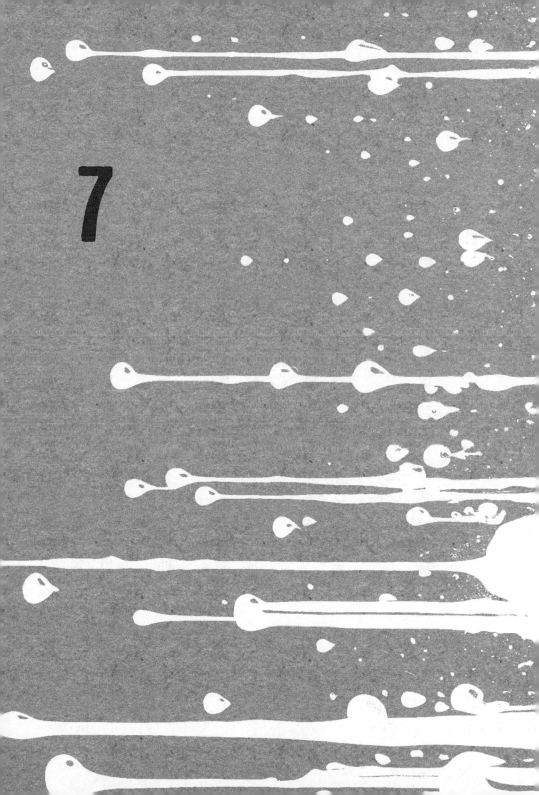

軍鼓像是糾纏不清的往日幽魂。早上十點，撞球間的對面響起鼓聲，整座村子如履薄冰，最後以有力的三聲警告結束，緊張不安的氣氛再度籠罩。

「死神！死神來了！」蒙堤耶的寡婦驚呼，她看見家家戶戶門窗打開，人們從各個角落湧向廣場。

一開始的反應過後，她拉開陽臺的窗簾，看見一群人圍著準備宣讀公告的警員。廣場上鴉雀無聲，警員用不著拉高聲音就能輕易宣讀。蒙堤耶的寡婦張開手掌放在耳後，試著仔細聆聽，卻只聽得到幾個字。

屋子裡沒有人知道發生什麼事。按照官方慣例，公告宣讀完畢後，就代表控制村莊的一種新秩序，她卻找不到有誰能說清楚。廚娘察覺她臉色慘白，心覺不妙。

「那是什麼公告？」

「我正在查，但是還沒人知道。」寡婦繼續說。「自從這裡變成村莊後，公告通知的通常都不是什麼好東西。」

於是廚娘到街上去，打聽了詳細狀況回來。從這一晚起，又開始實施宵禁，直到公告的原因消除。從晚上八點到清晨五點，大家都不能外出，除非有村長簽名蓋章的通行證。警員收到命令，如果在大街小巷遇到老百姓，都能叫他們不要動，一共三次，不從的人就開槍。村長組成民間巡邏隊，由他親自帶領警員執行夜間巡視工作。

蒙堤耶的寡婦啃咬指甲，納悶著實施這些措施的原因從何而來。

「布告沒說明。」廚娘說。「但是大家說，是黑函的關係。」

「我的心告訴我，」寡婦驚恐大叫。「死神正在吞噬這座村莊。」

她叫來卡爾米蓋耶先生。她命人到儲藏室拿出銅釘皮箱送來臥室，那是荷西．蒙堤耶先生在過世的前一年，為了唯一的一場旅行所買下，她這麼做不是出於衝動，而是受到一種古老而神聖的力量催動。她從衣櫃拿出幾件洋裝、內衣和鞋子，全部放在箱底。在這麼做的時候，她感到心完全平靜下來，那是她在想像遠離這座村莊和這棟屋子，一種不知道夢想了多少回的感覺，她希望住在一棟有爐灶和小露臺的小房子，露臺上的花盆種著奧勒岡葉，在那裡，只有她能懷想荷西・蒙堤耶先生，放下她唯一的擔憂，期待每個禮拜一下午閱讀女兒寫來的信。

她只放進必須的衣物；一個裝著剪刀的皮革外盒，一捆藥用膠帶和一小罐優碘，縫紉工具，然後是一個鞋盒和念珠以及禱告書，她一思及帶走比天主所能容忍的還要多的俗物，便覺得痛苦不堪。最後，她將一尊聖拉斐爾石膏像裝進一隻襪子裡，小心翼翼地用擦拭布包好，然後鎖上行李箱。

卡爾米蓋耶先生抵達時，發現她身著最樸素的衣裳。這一天卡爾米蓋耶先生沒帶傘，像是一種預兆。但寡婦沒有注意此事。她從口袋掏出屋子的所有鑰匙交給了他，每一把都用打字機在一小塊厚紙片註明用途，她說：

「荷西・蒙堤耶先生罪孽深重，我把他的一切交給您，任憑您處置。」

許久以來，卡爾米蓋耶先生一直害怕這一刻到來。

「您的意思是，」他試探。「您要在這些是非結束之前，到其他地方避風頭。」

寡婦回答了他的疑問，儘管語氣平靜，卻不失果斷。

「我要永遠離開。」

卡爾米蓋耶先生沒有流露慌張，先向她報告大略的狀況。荷西・蒙堤耶先生的遺產尚未清點完畢。許多從各路賺取和來不及完成程序的財產，還無法確定法律的合法性。荷西・蒙堤耶先生在生前最後幾年，並沒有交代清楚這些混亂的財富，因此無法完成清點工作。他們擔任駐德國領事的長子，和兩個流連在巴黎紙醉金迷生活裡的女兒，全都要趕回來，或指派代理人主張他們的權利。在這之前，任何東西都無法變賣。

過去兩年，蒙堤耶的寡婦一直困在這座曲折的迷宮，而這一次的提點，並未撼動她的決心。

「沒關係。」她繼續說。「我的孩子在歐洲過得很快樂，他們說回到這個野蠻的國家根本無事可做。卡爾米蓋耶先生，您倒不如把屋內能找到的東西，全打包拿去餵豬吧。」

卡爾米蓋耶先生沒和她辯論。總之，他藉口要準備旅行用品，出門去看醫生。

「葛迪沃拉，我們就來看看，你要怎麼表現你的愛國主義。」

理髮師和一群男人在理髮店裡談天，他們在村長還沒來到門前，就認出是他。「還有你們兩個。」村長繼續指著兩名比較年輕的男人。「今天晚上，你們就能拿到朝思暮想的步槍，希望你們不會忘恩負義，把槍口反過來指著我們。」他的語氣聽起來相當真誠。

「還不如給掃把。」理髮師回答。「要獵捕巫師，掃把要比步槍更厲害。」

理髮師連看都沒看村長一眼。他正在替早上的第一位客人剃除脖子的雜毛，沒把村長的話當真，直到他開始調查哪些人是預備役軍人時，理髮師才恍然大悟自己雀屏中選。

「我們真的要加入巡邏？」他問。

「喔，混帳。」村長回答。「你們一輩子都在嚷嚷著要有一把步槍，現在有了，卻不願相信。」

他在理髮師後面停下腳步，站在這個位置，可以從鏡子掌握所有的人。「這是認真的。」他說，換了個威嚴的口氣。「今天下午六點整，第一批預備役軍人會到警局來。」理髮師從鏡子直視他。

「如果我得肺炎呢？」他問。

「我們會在牢裡幫你治病。」村長回答。

撞球間裡的留聲機播送感性的波麗露舞曲。裡面空無一人，但是幾張桌子上擺著喝到一半的酒瓶和玻璃杯。

「這下子可好了。」羅格先生說。「宵禁開始，七點就要關門。」

村長直接走向廳堂的盡頭，那裡的幾張牌桌也是空的。他打開廁所的門，看了一眼儲藏室，最後回到吧檯。他從撞球桌旁邊經過，出其不意掀起覆蓋上面的布，並且說：

「好啦，不要當膽小鬼了。」

兩個小伙子從桌子底下出來，抖落褲子上的灰塵。其中一個臉色慘白。另一個耳朵紅通通。村長輕輕地推著他們走到入口的小桌旁。

「所以你們應該已經聽說了。」村長對他們說。「下午六點到警局集合。」

羅格先生動也不動，依舊待在吧檯後面。

「再這麼下去，可要靠走私才能活下去了。」他說。

「只要兩、三天時間吧。」村長說。

電影院老闆在街角追上了村長。「不能這樣對我。」他大叫。「先是禁電影的鐘聲，現在是宵禁的號角聲。」村長拍一下他的肩膀，沒有停下腳步。

「我要接手電影院。」他說。

「你不能。」電影院老闆說。「電影院不是公家機關。」

「在戒嚴時期，」村長說。「連電影院都能是公家機關。」

這一刻，他卸下微笑。他兩步接兩步地踏上警局的臺階，到達二樓，他雙手一攤，又掛上笑容。

「狗屎！」他大喊。「連您也來湊熱鬧？」

馬戲團老闆坐在摺疊椅上，彷彿玩世不恭的東方王儲。他眼神迷濛，抽著水手菸斗。他就像在自家家裡，示意村長坐下來。

「中尉，我們來談生意。」

村長拉了把椅子過去，在他的前面坐下來。

老闆拿著菸斗，手指戴著各色的寶石戒指，打了個神秘的手勢。

「我們能不能坦誠相對？」

村長對打了手勢，表示同意。

「我從看到您刮鬍子的那一刻起，就了解您的為人。」老闆說。「我懂得識人讀心，所以我知道對您來說，宵禁……」

村長帶著一種看好戲的心態打量他。

「……而對我來說，我已經花掉了搭建費用，我還要養十七個人和九頭猛獸，這簡直是一場災難。」

「所以？」

「我提議，」老闆回答。「宵禁從十一點開始，我們可以共分晚場的收入。」

村長繼續掛著微笑，沒有改變坐姿。

「我猜，」他說。「您應該輕而易舉就能查到，村民說我是個搶匪。」

「這是一樁合法的生意。」老闆抗議。

他沒發現村長的臉色是從何時開始變得凝重。

「我們禮拜一再談。」村長用一種模稜兩可的方式說。

「禮拜一我們就餓到只剩皮包骨了。」老闆回答。「我們很窮。」

村長輕拍他的背部好幾下，帶他走向樓梯。「不要對我這麼說。」他說。

「我知道這是一樁生意。」到了樓梯旁，他用安慰的口吻說：

「今晚派卡珊德拉過來。」

馬戲團老闆想回過身，但是村長那隻手用力壓著他的背部。

「當然。」他說。「沒問題。」

「派她來。」他繼續要求。「其餘的事我們明天再談。」

班海明先生伸出兩根手指推開鐵紗門，但是他沒踏進屋內。他帶著壓抑的不滿喊：

「娜拉，窗戶。」

客廳一片昏暗，娜拉·德雅各面對電風扇躺著，她有了年紀，體型魁梧，留著跟男人一樣短的頭髮，她正在等著跟班海明先生共進午餐。一聽到叫門，她費力地站起來，打開臨街的四扇窗戶。炙人的熱氣一擁而入，屋內鋪設磁磚地板，每塊磚印著模樣生硬的孔雀，無止境地重複下去，家具全鑲著印花布墊。乍看豪華，細究卻瞧得出廉價。

「大家傳得沸沸揚揚的那些事，是真的嗎？」她問。

「傳的事多得很……」

「有關蒙堤耶的寡婦的事。」娜拉·德雅各指出。「大家說她瘋了。」

「我早就覺得她瘋瘋癲癲。」班海明先生說。接著他又用些許不悅的語氣說：「所以，她今天早上還想從陽臺跳下去呢。」

他們的餐桌從街上能看得一清二楚，桌子兩端各擺著一套餐具。「這是天主的懲罰。」她說。娜拉．德雅各拍拍手，要人把午餐送上桌。她把電風扇搬到飯廳。

「她家從早上開始就擠滿了人。」班海明先生說。

「這是個看清楚她私下模樣的好機會。」娜拉．德雅各回答。

一個滿頭色彩繽紛髮結的黑女孩將熱騰騰的湯端上桌。雞肉的香氣瀰漫了整個飯廳，而室內溫度也變得難以忍受。班海明先生在脖子上戴好餐巾，整理了一下，然後說：「祝妳健康。」他拿起湯匙準備喝熱湯。

「先吹涼，別那麼固執。」她不耐地說。「而且，你得要脫掉外套。你這種一定要開門窗才進屋的怪癖，會害我們熱死。」

「現在更有開窗的必要。」他說。「這樣一來，就不會有人說，從街上看不到我在妳家的一舉一動。」

她看見班海明先生露出假牙，燦爛一笑，鮮紅的牙齦彷彿文件封口上的印蠟。「別那麼可笑。」她說。「隨他們怎麼說我。」她開始喝湯，一口接著一口，並繼續說：

「沒錯，或許我會擔心他們嚼莫妮卡的舌根。」她下結論，指的是她十五歲的女兒，她從第一次離家上中學之後，還不曾返家度假。「至於我，他們再怎麼說也都是眾所皆知的事。」

這一次不同以往，班海明先生並未對她投去不甚同意的眼神。他們默默地喝湯，兩人的桌位分隔兩公尺的距離，這是他所能接受的最短距離，尤其在公開的場所。二十年前，她還在中學讀書，他給她寫了幾封老套的長信，她只回以簡短的紙條，但洋溢澎湃的熱情。後來她到鄉間度假，在一次散步途中遇到喝得爛醉如泥的聶斯妥．雅各，他一把抓住她的頭髮，把她拖到畜欄的另外一頭，威脅她不得有其他選擇。「如果不嫁給我，就賞妳子彈。」最後，他們在假期結束後結婚。十年過後，兩人分手。

「總之，」班海明先生說。「最好別關上門，以免引起別人胡思亂想。」

他喝完咖啡後起身。「我走了。」他說。「蜜娜應該等得不耐煩了。」

他在門口戴上了帽子，並且說：

「屋子裡熱得就像燒起來一樣。」

「我跟你說了呀。」她說。

她目送他離去，當作是對他的一種祝福，直到他的身影消失在最後一扇窗戶。之後，她把電風扇搬回臥室，關上門，脫得一絲不掛。最後，她跟每天用完午餐後一樣，到隔壁浴室的馬桶上坐下來，跟自己的秘密獨處。

每天，她都會看見聶斯妥．雅各經過屋前四次。每個人都知道他跟其他女人姘居，同她生下四個孩子，在她的眼裡是個模範父親。最近幾年，他屢次帶著孩子經過屋前，但從未帶女人同行。娜拉看見他瘦了、老了、膚色蒼白、變成陌生人，在他身上找不到昔日的熟悉感。有幾回，在靜謐的午覺時間，她竟有種再次渴望他的迫切：不是現在經過她屋前的模樣，而是在莫妮卡出生前的容貌，那個時候，跟他的那段短促保守愛情，還沒變得那麼讓人難以忍受。

阿爾卡迪歐法官睡到中午才起床。因此，他到了辦公室才得知公告的消息。相反地，他的秘書從八點起就戰戰兢兢，因為村長要求他撰擬法令。

「總之，」法官在了解細節和思考過後說。「法令的條款太過嚴苛，實在沒有必要。」

「這是跟往常一樣的法令。」

「沒錯。」法官說。「可是事物早已改變，條款也必須改變。村莊裡一定人心惶惶。」

然而，稍後他到撞球間打牌，他親自證實，占據人家心頭的不是恐懼，而是一種每個人都堅信事物並未改變的感覺。阿爾卡迪歐法官準備離開撞球間時，遇到了村長，來不及避開他。

「黑函根本不算什麼。」他對村長說。「人們都很快活。」

村長拉著他的胳膊。「黑函還不到害人的地步。」他說。「不過是些日常小問題。」阿爾卡迪歐法官不想再繼續這場出其不意的談話。村長踩著堅定的腳步，像是有急事，走了一大段路之後，他卻發現不知道要去哪裡。

「這個事件不會一直下去。」他繼續說。「在禮拜天之前，我們會逮到那個寫黑函的可笑傢伙。不知道為什麼，我認為是個女人。」

阿爾卡迪歐法官不相信他的話。他只粗略看過秘書的資料，但也得出大概的結論：黑函不只是單單一個人的傑作。看起來也不像根據確實的計畫進行。最近這幾天出現的黑函，甚至出現新的特徵：以畫代話。

「或許不是某個男人或某個女人。」阿爾卡迪歐法官下結論。「而是好幾個不同的男人和女人，每一個都有份。」

「別把事情越搞越複雜。」村長說。「您應該知道，即使有一堆人涉案，背後一定有個主謀。」

「中尉，亞里斯多德就是這麼說的。」阿爾卡迪歐法官回答。接著他又用肯定的語氣說：「不管如何，我認為宵禁根本荒謬。原因很簡單，寫黑函的人可以等到宵禁結束後再動手啊。」

「沒關係。」村長說。「反正最終的目的是維持政府的原則。」

招募的新兵到了警局集合。狹小的院子圍著一堵高聳的水泥牆，牆上乾涸的血跡和彈痕，讓人想起曾有段日子，牢房數量不足，囚犯只能飽受風吹雨打。這天下午，那些沒佩帶武器的警員，只穿著內褲在走廊上閒晃。

「羅維拉。」村長站在門口大叫。「拿一些喝的來給這些小伙子。」

警員穿上了衣服。

「蘭姆酒？」他問。

「不要那麼蠢！」村長大吼，往他銅牆鐵壁般的辦公室走去。「給點涼的喝。」

新兵坐在院子裡抽菸。阿爾卡迪歐法官站在二樓的欄杆處觀察他們。

「他們是自願兵？」

「您想嘛。」村長說。「我還得把他們從床底下揪出來，搞得好像要上戰場。」

法官看到的都是熟面孔。

「招募他們，豈不像組一支反對派。」他說。

辦公室沉重的鐵門一開，裡面迎面而來冰涼的空氣。村長打開他私人堡壘的燈，接著笑著說：「您的意思是他們很會鬧事。」裡面的一頭有一張行軍單人床，一張椅子上有一個玻璃水罐和一個玻璃杯，床底下有個尿盆。光禿禿的水泥牆邊，靠著幾把步槍和手動機關槍。整個空間只靠著高處的幾扇狹窄天窗通風，從那兒可以眺望港口和兩條主要街道。在另外一頭還有一張書桌，旁邊是一個保險櫃。

村長解開保險櫃的密碼鎖。

「沒那麼嚴重。」他說。「我會發給每個人步槍。」

羅維拉警員從他們背後進入辦公室。村長給他幾張鈔票，告訴他：「再幫每個人買兩包菸。」當他們恢復獨處，村長繼續對阿爾卡迪歐法官說：

「您對這件事有什麼看法？」

法官若有所思地回答：

「白費力氣的冒險。」

「村民會嚇得目瞪口呆。」村長說。「另外，我認為這幾個可憐的小伙子拿到步槍後，不會知道該怎麼做。」

「他們或許手足無措。」法官同意。「不過只是暫時罷了。」

法官感到飢腸轆轆，但努力忍了下來。「中尉，千萬小心。」他考慮過後說。「以免全盤皆輸。」村長帶著捉摸不透的表情，帶他走出辦公室。「法官，不要那麼沒膽。」他在法官耳邊輕聲說。「他們配的是空包彈。」

當他們下樓來到院子時，燈光已經點亮了，引來一群食蟲虻撲向髒兮兮的電燈泡，燈泡下的新兵正在喝汽水。村長在院子兩頭來回踱步，其中一頭地上積著雨水，他用父親一般和藹的語氣，向新兵解釋當晚的任務，他們必須兩人一組，在主要的街角站崗，對於膽敢不停下腳步的居民，只要警告三聲，不管是男人還是女人，都能開槍阻止。他建議他們要拿出膽識和氣魄，並且小心謹慎。午夜過後會送來宵夜。村長期盼，天主能庇佑一切順利，村莊能知恩圖報，感謝政府努力維持社會和平。

安赫神父聽到鐘樓傳來八聲鐘響，從桌邊站了起來。他關掉院子的燈，拉上門閂，俯身在祈禱書上比劃十字架：「以天主之名。」遠處的一個院子裡傳來石鴿的鳴叫。阿西斯的寡婦在涼爽的走廊上打盹兒，伴在她的身旁的是覆蓋黑布的鳥籠，當她聽見了第二聲鐘響，便問：「羅貝托回家了沒？」但是她沒睜開眼睛。一個蹲靠在門柱旁的女僕回答，他已經在七點上床睡覺。不久前，娜拉．德雅各把收音機音量轉小，沉醉在彷彿來自淨土的輕柔音樂中。地平線那頭傳來呼喊名字的聲音，因為太過遙遠，竟然顯得飄渺而不真實，這一聲叫喊引起了此起彼落的狗吠。

牙醫沒聽完新聞報導。他想起安潔拉正在院子的燈泡下拆解填字遊戲，於是叫她：「關上大門，回到房間再繼續玩。」但是沒往院子看她一眼。他的妻子已經醒了過來。

羅貝托．阿西斯已經在七點爬上床，這一刻他起身看了窗外的廣場一眼，從半掩的窗戶裡，他只看到隱身在漆黑中的扁桃樹，和蒙堤耶的寡婦家陽臺上的最後餘光熄滅。他的妻子點亮夜桌上的小燈，用模糊的低喃聲催他上床。到了第五聲鐘響，還有一隻狗繼續吠叫。

拉洛．默思克德先生在燠熱的房間內呼呼大睡，攤開的報紙擱在肚皮，眼鏡拉到額頭上，周圍堆滿布滿灰塵的空瓶和空罐。他身體癱瘓的妻子想起過去跟這一晚一樣的夜晚，嚇得直發抖，她一邊在內心默數時間，一邊驅趕蚊子。當遠處的狗叫聲停止，街道的喧囂消失，靜寂開始籠罩。

「注意裡面有沒有放可拉明。」西拉爾多醫生叮嚀妻子，她在睡前把急救藥放進了手提箱。他們倆想著蒙提耶的寡婦，她打了最後一劑苯巴比妥鎮靜劑後，身體像死人一樣僵直。只有沙巴斯先生沒有注意時間，他跟卡爾米蓋耶先生促膝長談後失去了時間感。他還待在辦公室替第二天的早餐稱重，當第七聲鐘響傳來，他的妻子披頭散髮從臥室走出來。河流停止了流動。到了第八聲鐘響，深沉的鐘聲一去不回，黑暗中只聽見有人低語：「在這樣的晚上。」接著有個東西發出火花，十五秒鐘後完全熄滅。

西拉爾多醫生闔上書，宵禁的號角聲結束。他的妻子把手提箱放在夜桌上，爬上床，臉朝向牆壁，關掉了她的燈。醫生打開書，但是他沒閱讀。他們倆緩緩地呼吸，孤單共處一室，無邊無際的靜謐籠罩，整座村莊彷彿縮成了只有臥室大小。

「你在想什麼?」

「什麼也沒想。」醫生回答。

他無法再專心看書,到了十一點,他回到八點鐘聲響起那一刻停留的同樣頁數。他摺好書頁一角,把書放到夜桌上。他的妻子已經睡著。從前那段日子,他們總會熬夜到天明,判斷槍響從哪裡傳來和可能的情形。好幾次,軍靴的腳步聲和武器的摩擦聲甚至經過他們家門前,兩人就坐在床邊等待一陣掃射將大門擊破。許多個夜晚,當他們已經學會如何分辨恐懼千變萬化的面貌,他們開始徹夜未眠,頭下面的枕頭裡,塞滿準備發放的秘密傳單。某一天凌晨,他們還聽見診所大門對面,又傳來悄聲準備行動的聲響,接著一陣嘈雜,然後村長疲倦的聲音響起:「他不在那裡,那個傢伙已經插翅難飛。」於是西拉爾多醫生關掉了他的燈,試著睡覺。

午夜過後,夜空開始降下毛毛細雨。理髮師和一個新兵在港口的轉角站崗，下雨後，他們離開位置，到班海明先生店舖的屋簷下躲雨。理髮師點燃一根香菸，就著火柴光檢查那把步槍。武器是新的。

「是美國製的。」他說。

他的同伴擦了好幾根火柴，想找他的那把卡賓槍是何牌子，但是遍尋不著。屋簷滴下了水，掉落在槍托上，發出清脆的啪嗒聲。「多麼奇怪。」他一邊用袖子擦掉水漬，一邊低聲說。「我們拿著自己的槍站在這裡淋雨。」村莊裡一片死寂，除了屋簷的水聲，什麼都聽不見。

「我們一共九個人。」理髮師說。「村長那邊有七個，但是三個關在警局裡。」

「我剛剛也在想這件事。」他的同伴說。

村長的手電筒突然間照射過來，揭露他們的位置，他們蹲在牆邊，正努力躲避像是霰彈打在他們鞋子上的雨水，以免武器淋溼。村長關掉手電筒，走近屋簷下，他們認出了他。他身穿一件野戰雨衣，背著一把手動機關槍。他的身邊還跟著一位警員。村長瞥了一眼戴在右手的錶，對警員下令：

「回警局，看看宵夜怎麼了。」

他的聲音鏗鏘有力，就像下的是軍令。警員立刻消失在雨中。這時村長往地下一坐，跟兩個新兵挨在一起。

「有沒有什麼事？」他問。

「沒事。」理髮師回答。

另一人先遞了一根香菸給村長，再點燃自己的那一根。村長婉拒了。

「中尉，今晚的任務到幾點？」

「不知道。」村長說。「先到宵禁結束吧，明天我們再看該怎麼辦。」

「到五點！」理髮師大聲說。

「你想想。」他的同伴說。「我從清晨四點站到現在。」

一大群狗的吵鬧聲，在細雨的沙沙聲中傳來。村長等到混亂安靜下來，只剩下一隻還在繼續吠叫。他換上沮喪的神情，轉身向新兵說：

「這句話就對我說吧。」他說。「我執行這種任務大半輩子，早就睏得快要倒下。」

「說也沒用。」理髮師說。「這種臭名其妙措施，只適合女人做吧。」

「我也開始這麼覺得。」村長嘆口氣。

警員回來報告，局裡正在等雨停，好分發食物。接著他還報告一點：有個女人被抓到沒有通行證，她正在警局等村長。

是卡珊德拉。她睡在摺疊椅上，身上裹著一件防雨披肩，這個小小的廳堂，只由陽臺一顆黯淡的電燈泡照亮。村長伸出食指和拇指捏住她的鼻子。她發出呻吟，起先拚命搖晃身體，接著睜開了雙眼。

「我在做夢。」她說。

村長打開房間的燈。卡珊德拉摀住眼睛，發出唉叫，身體扭成了一團，村長看到了她那塗成銀白色的指甲和剃乾淨的腋下。

「你丟不丟臉。」她說。「我十一點就到了。」

「我原本預期在房間跟妳見面的。」村長道歉。「我沒有通行證。」

前兩天晚上，她的頭髮是紅銅色，此刻變成銀灰色。「我忘了。」村長微笑說；他把雨衣掛好，接著在她旁邊的一張椅子坐下來。「希望大家不會以為是妳到處貼黑函。」卡珊德拉又恢復她那輕佻的模樣。

「但願如此。」她回答。「我最愛看熱血沸騰的情緒。」

突然間，村長像是在廳堂裡迷失了方向。他看起來柔弱無依，把手指關節折得喀啦作響，他呢喃著：「我需要妳幫個忙。」她將他從頭到腳細細打量一遍。

「這是我們兩人之間的秘密。」村長繼續說。「我想要妳用紙牌算算，看是誰搞出這一籮筐的麻煩。」

她轉過頭看向另外一方。「我懂了。」她沉默半晌後說。村長催促她：「我做這件事，主要是為了你們。」

她點點頭同意。

「我已經算過了。」她說。

村長難以掩飾他的焦急。「算完的結果非常詭異。」卡珊德拉用一種精心計算過的聳人聽聞語氣繼續說。「一掀開桌上的紙牌，只見清清楚楚的暗示，連我看了都害怕。」隨者這句話，她的呼吸也轉為刻意的戲劇性節奏。

「到底是誰？」

「不只一個人，是整座村莊都有份。」

8

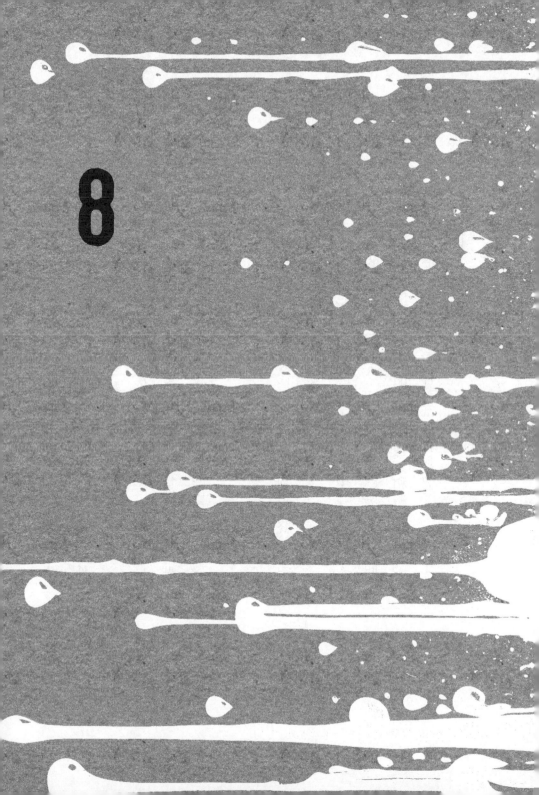

禮拜天，阿西斯的寡婦的孩子上教堂望彌撒。除了羅貝托．阿西斯外，他們一共七個人。每一個都是同樣的模子鑄造：體型魁梧，舉止粗魯，像有著騾子一樣苦幹的堅定意志，對母親千依百順。羅貝托．阿西斯排行老么，他是唯一成家的一個，他跟其他的手足之間只有鼻梁骨突出的相同點。他的身子骨羸弱，舉止文雅，對阿西斯的寡婦來說，他的出生就像中獎，撫慰了她的心，放棄再生個女兒的希望。

阿西斯七兄弟把獵來的動物放在廚房，寡婦踩在一排捆綁的雞隻、蔬菜、乳酪、紅糖和醃肋骨之間，指揮和交代每位女僕。等到廚房終於淨空，她便叫人從每樣東西挑出最好的，送去給安赫神父。

神父正在刮鬍子。他三番兩次把手伸向院子，汲取雨水清洗下巴。當他快刮完時，兩個光腳的小姑娘推門而入，連敲門都沒有，當著他的面，扔下幾顆熟鳳梨、半熟的大蕉、紅糖、乳酪、一籃蔬菜，和新鮮雞蛋。

安赫神父對她們擠擠眼。他說：「這真像兔子叔叔的夢。」年紀比較小的那位姑娘睜大眼睛，舉起食指指著他說：

「神父也會刮鬍子！」

另一位姑娘把她拉到門邊。「不然呢？」神父笑著這樣說，接著他開始變得正經，「神父也是人哪。」接下來，他凝視那堆散落一地的糧食，明白了只有阿西斯寡婦家負擔得起這樣大筆的花費。

「告訴那些小伙子。」他大喊。「天主會讓他早日恢復健康。」

安赫神父從事聖職四十年，每逢降重場合，仍無法壓抑緊張焦慮，他還沒刮完鬍子，就把工具收起來。接著他拾起糧食，堆在陶器架上，往長袍擦乾雙手，進入聖器室。

教堂內滿滿都是人。阿西斯兄弟、寡母和她的媳婦坐在靠近布道壇的兩張靠背長椅上，這兩張椅子是他們捐贈的，上面的銅牌刻著他們各別的名字。這是好幾個月來，他們第一次一起上教堂，可以想像他們是騎馬出現。半個小時前，阿西斯家老大克里斯多巴．阿西斯從牧場趕過來，他來不及刮鬍子，穿著一雙帶靴刺的馬靴。這個鄉巴佬人高馬大，似乎證實西薩．蒙特羅是老阿塔爾貝托．阿西斯的私生子的鄉野傳說並不假，儘管真相從未證實。

安赫神父在聖器室裡遇到麻煩，禮拜儀式用的祭袍不見蹤影。侍祭發現神父一臉錯愕，一邊翻找抽屜，一邊暗暗生自己的悶氣。

「叫蒂妮妲過來。」神父命令他。「問她把祭袍收哪兒去了。」

他忘記蒂妮妲從禮拜六那天就生病了。侍祭認為她帶走一些東西去修理。安赫神父只得穿上喪葬儀式用的祭袍。他靜不下心來。登上布道壇後，他依然焦躁不已，呼吸紊亂，他明白幾天前悟出的道理，在此刻不如當時在房間靜謐中擁有那樣強大的說服力。

他說教了十分鐘。他辭不達意，對於腦中浮現一堆出乎意料的雜念不知所措，最後他發現了阿西斯的寡婦在場，身旁圍繞著她的兒子。眼前的這一幕，就像是在看一張幾個世紀後模糊不清的家族照片。他感覺，只有蕾貝卡·德阿西斯，挺著酥胸，拿著檀木扇子，比較像是現世活人。安赫神父結束說教，沒有明指黑函的事。

阿西斯的寡婦愣住好幾分鐘，將婚戒摘下又戴上，內心怒氣翻騰。接著，在彌撒繼續進行之前，她在胸前比劃十字，站了起來，從主廳堂走出教堂，兒子跟在她的背後，一家人吵吵鬧鬧地離去。

這樣的一天早上，西拉爾多醫生領悟了自殺發生的過程。細雨無聲無息飄下，隔壁屋子傳來黃鸝的鳴叫，他的妻子正在說話，他在刷牙。

「禮拜天真是奇怪。」她一邊說，一邊準備早餐。「聞起來有一種動物的生肉味，就好像有人把禮拜天剁塊後掛了起來。」

醫生裝好機器，開始刮鬍子。他的眼眶溼潤，眼皮紅腫。「你沒睡好。」妻子對他說。然後她又略帶苦澀說：「某個像這樣的禮拜天，你會在起床後發現自己變成老頭子。」她穿上老舊不堪的睡袍，滿頭都是燙髮鉗。

「幫個忙。」他說。「閉上嘴巴。」

她走到廚房，把咖啡鍋放到爐子上，等水煮滾，她先是聽見黃鸝的鳴叫，半晌過後是淋浴的淅瀝聲。這時，她走到房間準備好衣物，好讓丈夫踏出浴室時就能看見。當她把早餐端上桌，看見他已經打扮好，穿上卡其褲和運動衫，看起來年輕一些。

他們默默吃著早餐，最後，他用一種溫暖的目光專注打量她。她低著頭啜飲咖啡，因為生氣，身體正微微顫抖。

「都怪肝火。」他道歉。

「高傲就是高傲，不用辯解。」她回答，依舊低著頭。

「我應該是中毒了。」他說。「這場雨，又讓我的肝火上升。」

「你老是同一套說法。」她一針見血地指出。「可是又不找辦法解決。」她接著又說：「再不找辦法，你就無藥可救了。」

他似乎相信會這樣。「到了十二月，」他說。「我們就去海邊十五天。」他凝視菱格紋木柵欄外的細雨，柵欄隔開了飯廳和院子，院子在漫長的十月分顯得哀戚。他又說：「到時，至少有四個月，不必忍受這種禮拜天。」

她疊好餐盤，拿去廚房。當她返回飯廳時，他已經戴上草帽，正在整理手提箱。

「這麼說，阿西斯的寡婦又離開教堂了。」他說。

他刷牙前，他的妻子跟他講過這件事，不過當時他沒有仔細聽。

「這是今年以來他們第三次這樣離開。」她肯定地說。「看來，她找不到什麼感興趣的東西。」

醫生露出一口整齊的牙齒。

「有錢人是瘋子。」

幾個女人上教堂後，到蒙堤耶的寡婦家去看她。醫生對著在大廳的她們打招呼。之後，醫生只聽見她們的嘻笑聲一路相隨，一直走到了樓梯平臺處才沒聽見。叫門前，他發現臥室裡還有其他女人。有人要他進去。

蒙堤耶的寡婦披頭散髮坐在床上，手抓著被單一側按在胸口。她的膝上擱著一面鏡子和一把牛角梳子。

「所以您也決定參加節慶。」醫生對她說。

「她要慶祝十五週年。」其中一個女人說。

「十八週年。」蒙堤耶的寡婦更正她的話，露出了哀傷的微笑。她躺回床上，把被單拉到脖子蓋緊。「沒有任何男人受邀。」她轉為愉悅的語氣說。「當然，醫生，只有您例外，這真是個不好的預兆。」

醫生把淋溼的帽子放在衣櫃上面。「這樣做很好。」醫生看著病人說，內心暗自竊喜。「我發現我現在什麼事都做不了。」接著，他轉向那群女人，語帶歉意說：

「可以讓我做事嗎？」

當房間只剩下蒙堤耶的寡婦和醫生，她的臉上又恢復了病人的愁容。但是醫生似乎沒注意。他繼續用同樣愉悅的口吻說話，同時把手提箱裡的東西拿出來擺在夜桌上。

「拜託您，醫生。」寡婦哀求。「別再打針了。我簡直成了篩網，都是針孔。」

「打針，」醫生露出微笑說。「是醫生賴以為生的最好發明。」

她也跟著笑了。

「是真的。」她邊說邊隔著被單觸摸臀部。「我這裡沒有力氣，連碰都不能碰。」

「那就不要碰。」醫生說。

這時她露出真心的微笑。

「醫生，儘管今天是禮拜天，還是要說真話。」

醫生讓她露出手臂，準備替她量血壓。

「我的醫生禁止我這麼做。」他說。「因為對肝不好。」

當醫生量血壓時，寡婦像個好奇的孩子，仔細觀察血壓計的水銀柱。她說：「這是我這輩子見過的最古怪時鐘。」醫生壓完小氣球，專注看著水銀柱的讀數。

「這是唯一能準確指示起床時間的時鐘。」醫生說。

量完血壓，醫生把血壓計的橡皮管捲起收好，仔細檢視病人的表情。他在小桌上放了一瓶白色藥片，和每十二個小時服用的指示。「如果不想打針，就不要再打針。」他說。「您可是比我還要健康。」寡婦趕忙澄清。

「我從來沒生過什麼病。」她說。

「我相信。」醫生回答。「不過，現在裝個病，不就能平衡一下。」

寡婦避而不答，改口問：

「我必須繼續臥床嗎？」

「恰恰相反。」醫生說。「現在絕對禁止臥床。您可以下樓到客廳，盡該盡的責任，招待訪客。」他用不懷好意的語氣說。「而且，妳們有很多事可以聊。」

「老天哪，醫生。」她驚呼。「不要這麼八卦，黑函一定是您貼的。」

西拉爾多醫生對這個對話感到非常開心。離開時，他飛快瞥了一眼臥室的角落，那只準備旅行用的銅釘皮革行李箱就擺在那裡。他站在門口大喊：「當您環遊世界回來，帶個東西給我吧。」這時寡婦再一次拿出耐心，開始梳理那一頭糾結在一塊的頭髮。

「沒問題，醫生。」

她沒下樓到大廳。她繼續躺在床上，直到最後一位訪客也離開了這裡。這時她開始更衣。卡爾米蓋耶先生來見她時，發現她正面對著半開的陽臺吃飯。

她回應卡爾米蓋耶先生的寒喧，但視線仍舊盯著陽臺。她說：「其實我很欣賞那個女人，她很勇敢。」卡爾米蓋耶先生也望向阿西斯的寡婦家，此刻是十一點，她家的門窗都是關閉的。

「她的天性如此。」他說。「她這樣的個性獨一無二，是勇敢的男人才有。」他把注意力轉到蒙堤耶的寡婦身上，又說：「您也像玫瑰一樣堅強而有韌性。」

她開心一笑，似乎同意他的看法。「有件事，不曉得您知不知道？」她問。她看卡爾米蓋耶先生躊躇不定，於是先行回答：

「西拉爾多先生相信我瘋了。」

「不會吧！」

寡婦點點頭肯定。她繼續說：「如果他找過您商量把我送去瘋人院的方法，我也不會覺得奇怪。」卡爾米蓋耶先生不知該怎麼掙脫這團混亂。

「我整個早上都待在家。」他說。

寡婦在床邊軟綿綿的皮革扶手椅坐下來。她想起荷西．蒙堤耶腦出血病發當時，就倒在這張扶手椅上，十五分鐘後他嚥下了最後一口氣。「這樣的話，」她說，並抹去了當時的哀傷回憶。「或許他下午會找您。」然後她換上燦爛的微笑：

「您跟我的教父沙巴斯先生談過了嗎？」

卡爾米蓋耶先生點點頭肯定。

其實，他禮拜五和禮拜六都曾找過心懷叵測的沙巴斯先生，打探他對出售荷西．蒙堤耶的遺產有什麼反應。卡爾米蓋耶先生猜想，沙巴斯先生似乎有意買下。寡婦聽完後，並沒有面露不耐。她心平氣和，表示明白了，反正不是下個禮拜三的話，就再等到下一個禮拜三。總之，她已經準備好趕在十月底前離開村莊。

村長感覺左手邊突然有所動靜，掏出了左輪手槍，他連身上的最後一條肌肉都準備好要開槍，卻認出是阿爾卡迪歐法官，便完全清醒了過來。

「混帳！」

阿爾卡迪歐法官呆若木雞。

「別再幹這種事。」村長說完，把手槍收好。他再一次倒在帆布椅上。

「我的聽覺在睡覺時特別靈敏。」

「門是打開的。」阿爾卡迪歐法官說。

天亮時，村長忘記關上門。他太疲倦，倒在椅子上立刻睡著。

「幾點了？」

「快十二點。」阿爾卡迪歐法官說。

他的聲音還留著一絲顫抖的痕跡。

「我睏死了。」村長說。

他伸展筋骨，打了一個大呵欠，感覺時間好像靜止了。儘管他實行宵禁，通宵未眠，黑函依舊猖狂。這天凌晨，他在自己臥室門口發現一張貼在門上的黑函：「中尉，不用浪費彈藥打禿鷲。」大街小巷裡，大家高聲闊論，說那是巡邏隊伍成員自己貼的黑函，用以宣洩不得不在夜間監視的憤怒。村長心想，村民都在看笑話。

「醒一醒。」阿爾卡迪歐法官說。「我們去吃點東西。」

但是他不餓。他想再多睡一個小時，然後在出門前洗個澡。相反地，阿爾卡迪歐法官看起來神清氣爽，乾淨整潔，他原本打算回家吃午飯，經過村長的臥室前，看見門是開的，決定進來向村長要一張宵禁時間的通行證。

中尉只是簡單地說：「不要。」接著，他改用安撫的口吻解釋：「您安靜地在家比較妥當。」

阿爾卡迪歐法官點燃一根香菸。他凝視火柴棒的火焰，等待心中的怨恨消失，但是他想不到該回答什麼。

「不要誤會我的好意。」村長說。「相信我，我真的很想跟您互換角色，晚上八點就上床睡覺，睡到自然醒。」

「可以啊。」法官說。接著他又用深深嘲諷的語氣說：「只是我還有個新角色：在三十五歲這一年當爸爸。」

法官轉過身去背對村長，似乎在陽臺凝視雨雲低垂的天空。村長安靜下來，表情凝重。半晌，他用尖銳的語氣說：

「法官。」阿爾卡迪歐法官回過身，兩人注視彼此的眼睛。「我不能給您通行證。您能諒解嗎？」

法官咬了咬香菸，開始嘀咕些什麼，並壓抑著內心的情緒。村長聽著他緩緩步下樓梯的聲音，突然間，他俯身大喊：

「法官！」

他沒聽到回答。

「我們還是朋友。」村長大喊。

這一次他也沒聽見回應。

他繼續俯身在那裡，等待阿爾卡迪歐法官的回應，直到聽見門關上，他又再次與自己的回憶獨處。他不再試著睡覺。他一整天醒著，想起他接受命運的安排到這裡上任，已經過了那麼多年，最後卻困在這座一直難以摸透的陌生村莊。他一聲不響上岸的那天清晨，嘗到了什麼叫做恐懼，當時他手裡提著一只厚紙板舊行李箱，用繩索捆得緊緊的，他還帶著一個命令，要他不計代價馴服這座村莊。他唯一的後援，是一封給某個政府的秘密支持者的信，當他隔天找到這個人時，對方竟穿著內褲坐在稻米脫粒機旁。最後村長完成任務，靠的是他的指引，和他雇用的三個心狠手辣的隨身保鑣。然而，他渾然不知時間在他身邊編織一張隱形的蜘蛛網，這天下午，一個想法掠過，便足以點燃他問起究竟是誰降服了誰的疑惑。

他睜著眼睛，面對細雨抽打的陽臺發呆，一直到清晨四點過後不久。接著，他洗個澡，穿上迷彩軍服，下樓到旅館吃早餐。不久，他依照平日作息巡視警局，當他走到一個街角時，猛然停下腳步，雙手插在口袋，不知該做什麼。

到了黃昏，撞球間老闆看見村長走進來，雙手依然插在口袋。店內空蕩蕩的，老闆在盡頭打了聲招呼，不過村長沒有回應。

「一瓶礦泉水。」他說。

玻璃瓶裝在箱子裡，裡面堆滿冰塊，一拿起來，發出了清脆的響聲。

「總有一天，」老闆說。「等您肝臟開刀，會發現上面一堆泡沫。」

村長盯著玻璃杯看。他啜飲一口，打了個嗝，兩邊手肘靠在吧檯上，視線停在玻璃杯，接著又開始打嗝。廣場上空無一人。

「嗯。」村長說。「這究竟是怎麼一回事啊？」

「今天是禮拜天。」老闆說。

「喔喔！」

他在吧檯留下一枚硬幣，沒有道別就離去。到了廣場的轉角，有個人像是拖著一條巨大的尾巴慢慢走著，他嘟囔了些什麼，但是村長沒聽清楚。不久之後，村長反應過來。他隱約聽懂，那個人在說某件事發生了，於是他回到警局。他跳上階梯，沒注意門口聚集了幾群人。有個警員攔下了他，交給他一張紙，他連一眼都不必看，就知道那是什麼。

「這是有人在鬥雞場發的東西。」警員說。

村長倉皇奔上走廊。他打開第一間牢房，手按在門閂上，視線在漆黑中搜尋，直到看得清楚：這個小伙子年約二十歲，有張黃綠色的尖臉孔，臉上布滿天花肆虐過的疤痕。他頭戴一頂棒球帽，和一副無框眼鏡。

「你叫什麼名字？」

「培沛。」

「什麼培沛？」

「培沛·阿馬多。」

村長仔細端詳了他好一會兒，努力在記憶中搜尋。小伙子坐在用來充作囚犯床鋪的水泥平臺上。他看起來相當冷靜。他摘下眼鏡，拿起襯衫的衣襬把鏡片擦乾淨，瞇起眼睛看著村長。

「我們在哪裡見過面嗎？」村長問。

「在某處見過。」培沛·阿馬多說。

村長沒走進牢房裡面。他繼續看著囚犯，神情若有所思，接著把門關上。

「好吧，培沛。」他說。「我想你完蛋了。」

他上好鎖，把鑰匙丟進口袋，走到大廳，反覆細讀那張神秘的紙。

空無一人的街道上亮起街燈，他面對敞開的陽臺坐了下來，擊掌打蚊子。他很熟悉這樣寧靜的黃昏。從前，他曾在像這樣夜幕降臨的時刻，嘗過在掌握權勢高峰的激動。

「所以，那個東西又回來了。」他大聲地自言自語。又回來了。就像以前，傳單是兩面油印，不論到哪裡，不論在何時，都認得出上面在偷偷印刷時留下的無以名狀的慌張。

他在黑暗中思索許久，把那張傳單摺起又攤開，並作出了決定。最後，他把傳單收進口袋，摸到那把牢房的鑰匙。

「羅維拉。」他喊。

他的心腹警員出現在漆黑中，村長把鑰匙交給他。

「那個小伙子交給你負責。」他說。「試著從他嘴裡套出在村莊散布秘密傳單的人的名字。如果好言好語不行，就不擇手段逼他吐出。」他指示。

警員提醒村長，他今晚要輪班。

「別管了。」村長說。「你不用負責其他工作，除非新的命令下來。還有一件事，」他又說，像是順著靈感交代。「打發院子裡的那些人。今晚不用巡邏。」

村長把三名警員叫進銅牆鐵壁般的辦公室，他原本命令他們待在局裡，不要輕舉妄動。此刻他要他們換上他鎖在櫃子裡的制服。他趁他們換裝時，收拾桌上在前幾晚分發給巡邏隊員的空包彈，並從保險櫃裡拿出一把子彈。

「今天換你們巡邏。」他說，並檢查步槍，把最好的幾把交給他們。「你們什麼也不必做，只要讓人們知道是你們在街上就可以了。」他等到他們裝備完畢，就把彈藥交給他們。他站到他們的面前。

「但有件事你們要聽清楚了。」他警告他們。「哪一個敢帶頭胡鬧，我就在院子的牆邊處決他。」他沒等到他預期的反應。「了解嗎？」

這三個人有兩個是印第安原住民，相貌平凡，另一個倒是金髮，體型高大，有一雙清澈的藍眸，他們正在把子彈裝到彈匣腰帶上，聽到最後一句話，三人立刻僵直不動。

「中尉，我們了解。」

「還有一件事。」村長換了一個比較輕鬆的口吻說。「阿西斯兄弟在村莊裡。如果今晚遇到其中一個喝得醉醺醺或者想鬧事，並不奇怪。不管如何，不要跟他們硬碰硬。」這一次他也沒得到預期的反應。「了解嗎？」

「中尉，我們了解。」

「你們了解了就好。」村長下結論。「提高警覺，堅守崗位。」

因為配合宵禁，安赫神父提前一個小時誦念《玫瑰經》，結束後他準備關閉教堂，卻在此刻聞到腐臭的氣味。那是一種若隱若現的臭味，所以並未引起神父的好奇。不久，當他乾煎綠蕉片、加熱佐餐的牛奶時，卻想到了臭味的原因：蒂妮妲從禮拜六病倒後，就沒去收拾老鼠屍體。於是他返回教堂，打開捕鼠器，清理乾淨，接著前往離教堂兩個街區遠的地方找蜜娜。

托托．維茲巴爾親自替神父開門。客廳裡一片昏暗，有幾張擺放凌亂的皮革凳子，牆上掛著幾幅石版印刷畫，蜜娜的母親和瞎眼的祖母正在啜飲熱花草茶。蜜娜在做假花。

「神父，」瞎眼祖母說。「已經十五年沒見過您踏進這棟屋子了。」

她說得沒錯。他每天下午都會經過屋前，蜜娜就在窗戶邊做紙花，但是他從未進屋。

「時間過得無聲無息。」他說。接著，他告知自己有急事，對托托．維茲巴爾說：「我來請求您讓蜜娜從明天開始過來處理捕鼠器。」他向蜜娜解釋：「蒂妮妲從禮拜六就病倒了。」

托托．維茲巴爾同意了。

「那是浪費時間。」瞎眼祖母說。「無論如何，今年世界就會毀滅。」

蜜娜的母親伸出手擱在祖母的膝蓋上，示意她安靜下來。瞎眼祖母別開了她的手。

「天主會處罰迷信。」神父說。

「這件事已經寫下。」瞎眼祖母說。「鮮血將流過大街小巷，沒有任何人類的力量能夠阻止。」

神父對她投去憐憫的目光：她的年事相當高，膚色異常蒼白，那雙沒有生命氣息的眼睛似乎能洞悉一切事物的秘密。

「我們會沐浴在鮮血中。」蜜娜用開玩笑的語氣說。

這時，安赫神父轉向她。他看見蜜娜的一頭濃密黑髮和一如祖母的蒼白膚色，四周堆著亂七八糟的緞帶和色紙。她就像在學校晚會上的一幅寓意畫。

「妳禮拜天還在工作啊？」他對蜜娜說。

「我已經說過。」瞎眼祖母插話。「聖灰即將飄下，在您的頭頂上燃燒。」

托托．維茲巴爾看神父依舊站著，便拿來一張椅子請他坐下來。他是個瘦弱的男人，因為生性靦腆，總是一副惶惶不安的表情。

「謝謝。」安赫神父婉拒了。「有人會抓到我在宵禁後還在街上逗留。」他豎起耳朵細聽村莊的死寂，接著說：「似乎已經過了八點。」

這時他得知消息：牢房空了將近兩年之後，培沛．阿馬多被捕坐牢，村莊此時掌握在三名罪犯的手裡，而人們從六點之後就被關在屋內。

「真奇怪。」安赫神父似乎自言自語。「怎麼會發生這麼蠢的事？」

「遲早都會發生。」托托．維茲巴爾說。「整個國家都是用蜘蛛網來補破洞。」

他送神父到門口。

「您沒看過秘密傳單？」

安赫神父停下腳步，一臉茫然。

「又出現了嗎？」

「黑暗的三天會在八月降臨。」瞎眼祖母打斷他們的話。

蜜娜伸出手，給她一朵做到一半的假花。「安靜。」她對祖母說。「完成這朵花。」瞎眼祖母摸到並認出是朵花。

「那麼，又回來了。」神父說。

「一個禮拜前。」托托．維茲巴爾說。「有一張傳到了這裡，不知道是誰拿來的。您知道是怎麼一回事嗎？」

神父點點頭。

「聽說一切會跟以前一樣。」托托．維茲巴爾繼續說。「政府改朝換代，允諾和平，作出保證，起初大家都相信。但官員依然是同樣的那批人。」

「這是真的。」蜜娜的母親插嘴。「這裡又開始宵禁，那三個罪犯竟然在街頭。」

「但有個消息。」托托．維茲巴爾說。「聽說現在內地又開始組織對抗政府的游擊隊。」

「這一切都已經寫下了。」瞎眼祖母說。

「荒謬至極。」神父若有所思說。「政府的態度的確有所改變。」接著他又糾正了說法：「或至少說，到今大晚上為止是有改變的。」

幾個小時後，神父在悶熱的蚊帳中睡不著覺，他問自己，他在這個教區是否真的待了十九年。他聽見自家對面傳來靴子和武器的聲響，在過去，那曾是在執行槍決之前會聽到的聲音。只是這一次，靴子的腳步聲遠離，接著一個小時後又回來，然後又再次遠離，只不過槍聲沒有響起。不久之後，他受不了失眠和熱氣的煎熬，才發現公雞早已啼叫了好一會兒。

9

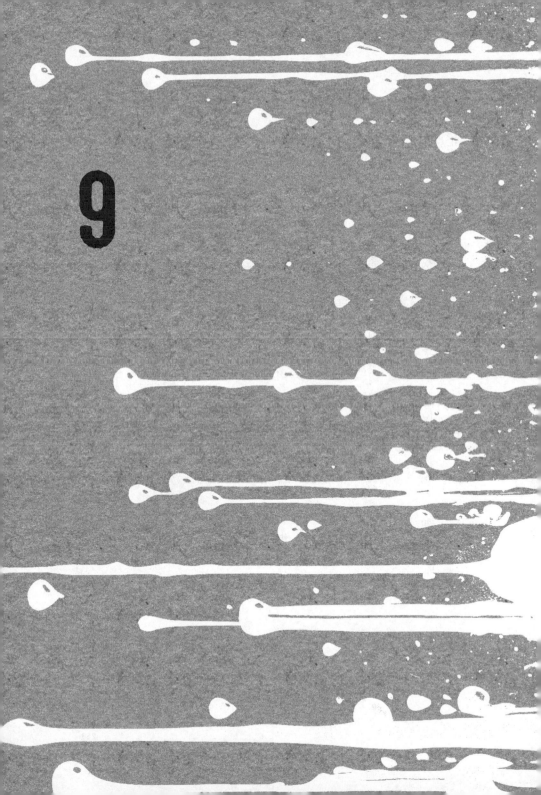

馬德歐・阿西斯聽著公雞的啼叫，試著猜測時間。最後他回到現實世界。

「幾點了？」

娜拉・德雅各伸出手在黑暗中摸索，拿起夜桌上的螢光數字時鐘。她還沒回答，倒是看到時間後完全清醒。

「四點半。」她說。

「該死！」

馬德歐・阿西斯跳下床。但因為頭痛，再加上嘴巴的苦味，他不得不放慢動作。他在漆黑中找鞋子穿。

「我快來不及在天亮前離開。」他說

「那很好呀。」她說。她打開小夜燈，看見他一節節的脊椎骨和蒼白的臀部。「這樣你得在這裡待到早上了。」

她一絲不掛，只有被單一角遮住了私密部位。燈點亮後，她語氣中略帶的淫蕩也消失無蹤。

馬德歐·阿西斯穿好了鞋子。他身材高大，體型魁梧。從兩年前開始，娜拉·德雅各偶爾會跟他幽會，在她看來，他是個為女人量身打造的男人，對於只能秘密擁有他的宿命，她感到相當沮喪。

「你再不注意，一定會發胖。」她說。

「這代表日子過得好。」他回答，試圖掩飾自己的不自在。接著他笑著說：「我應該是懷孕了。」

「希望如此啊。」她說。「如果男人能生孩子，就不會那麼粗神經。」

馬德歐·阿西斯從地上撿起保險套和內褲，走到浴室，把保險套扔進馬桶。他清洗臉孔，避免深呼吸：任何黎明時分的氣味都是她的氣味。當他回到房間，發現她坐在床邊。

「總有一天，」娜拉·德雅各說。「我會厭倦繼續偷偷摸摸，把幽會的事告訴所有人。」

他繼續穿衣服，等到衣著整齊了才看向她。她在意自己胸脯小，滔滔不絕說話時，把被單拉到脖子緊緊蓋住。

「不知道我們什麼時候才能在床上吃早餐，賴床到下午。」她繼續說。

「我可是敢給自己貼一張黑函的。」

他爽朗大笑。

「班海明那個老頭子快等不及了。」他說。「為什麼這麼說？」

「你想像一下。」她說。「他巴望著聶斯妥・雅各趕快嚥下最後一口氣。」

她目送他離開，在門口揮手道別。「平安夜那天過來一趟吧。」她對他說。他保證會盡量做到。他踮起腳尖，穿過院子，走出大門來到街道上。空氣中的冰涼露水浸溼了皮膚。當他走到廣場時，一聲喝斥迎面而來。

「不要動！」

他的眼前亮起手電筒的燈光。他別開了臉。

「喔！混帳！」村長說，燈光遮去了他的身影。「看看我們遇到誰。你是出門還是回家？」

「回家。」馬德歐・阿西斯說。

村長靠近路燈，看看手錶的時間。再過十分鐘就是五點。他對警員打個手勢，下令宵禁時間結束，接著停在原處等待吹響號角，一聲悲傷的樂聲劃破了黎明。接著他跟警員道別，陪著馬德歐．阿西斯走過廣場。

「到此為止。」他說。「黑函的風波結束了。」

他的聲音聽不出任何滿意之情，只有疲憊。

「你們抓到人了？」

「還沒。」村長說。「但是我剛剛完成了最後一次巡邏，我可以保證，這是第一次我在天亮後找不到半張黑函。這就是下定決心實施戒嚴法的成效。」

抵達自家大門口，馬德歐．阿西斯向前把狗拴好。女僕在廚房裡伸懶腰。當村長踏進去時，迎接他的是拴著鐵鍊的鬧烘烘狗群，半晌過後，牠們發出嘆息，化為安靜溫馴的動物。阿西斯的寡婦走到廚房，碰到他們倆坐在欄杆旁喝咖啡。天色已經發亮。

「早起的男人是好未婚夫，卻不見得是好丈夫。」寡婦說。

她的心情不錯，卻因為嚴重失眠，臉孔顯露折磨過的痕跡。村長回應她的寒暄。接著他拿起地上的機關槍背在肩膀上。

「中尉，您可以盡情喝咖啡。」寡婦說。「但是來我家千萬別帶槍。」

「應該相反吧。」馬德歐·阿西斯笑著說。「妳應該向他借一把帶去彌撒。對吧？」

「我不需要那些破東西來保護自己。」寡婦回答。「天主是站在我們這邊的。我們阿西斯家早就是天主的子民，那時方圓百里內還沒有半個神父。」

村長告別而去。「我是基督徒，不去睡覺不行了。」他說。他邁開腳步，走在母雞、鴨子和火雞之間，眼看家禽紛紛蜂擁進屋。

正當阿西斯的寡婦正在清理鳥籠時，看見了她的兒子出現在院子裡。

「你要記住。」她對他說。「保護自己很重要，也要知道跟人保持距離。」

「他只是進來喝杯咖啡。」馬德歐·阿西斯說。「不知不覺，我們就聊了起來。」

他在走廊的一側看著母親，但是她說話時沒有轉過身，像是在對鳥兒說話。「我不會再提醒你。」她回答。「不要把殺人犯帶來家裡。」她清理完鳥籠，就直截了當地問兒子說：

「那你呢？上哪兒去了？」

這天早上，阿爾卡迪歐法官認為，他從日常生活的各種細節發現了不祥預兆。他跟情婦解釋他忐忑不安的原因：「我頭痛。」這是個陽光燦爛的早晨。幾個禮拜以來，河流第一次不再波濤洶湧，也不再飄來生肉氣味。阿爾卡迪歐法官上理髮廳去。

「正義姍姍來遲，但總有一天會到。」理髮師迎接他的光臨時說。

店裡的地板鋪過黑亮的瀝青，鏡子塗上了大片的鉛白。理髮師拿抹布擦亮鏡子，阿爾卡迪歐法官在椅子上坐了下來。

「禮拜一不應該存在。」法官說。

理髮師開始替他剪頭髮。

「都是禮拜天。」他說，並更精確指出：「如果沒有禮拜天，禮拜一就不會存在。」

阿爾卡迪歐法官閉上眼睛。他睡飽十個小時，享受了銷魂的性愛，還多花點時間泡澡，責怪禮拜天實在沒道理。但這是個煩悶的禮拜一。鐘塔敲響九聲鐘聲之後，隔壁屋子傳來縫紉機細碎的窸窣聲，阿爾卡迪歐法官忍不住發抖，他感覺這又是一個預兆，此時街道上卻是悄然無聲。

「這是一座幽魂村莊。」他說。

「是你們希望變成這個樣子的。」理髮師說。「以前，禮拜一早上的這個時間，我至少要剪五個客人的頭髮。今天幸好天主庇佑，還有您上門。」

阿爾卡迪歐法官睜開雙眼，凝視鏡中的河流好一會兒。「你們。」他咀嚼這個字。然後他問：

「你說的你們是誰？」

「你們。」理髮師囁嚅。「在你們還沒來之前，這裡跟所有村莊一樣，只是個連狗屎都不如的小村莊，現在卻比任何地方還糟糕。」

「你敢對我說這種話，是因為你知道我跟這些事無關。」法官說。「你膽敢把同樣的話對中尉說一遍嗎？」他問，但並不是咄咄逼人的語氣。

理髮師承認他做不到。

「您有所不知，」他說。「每天早上起床，內心篤定今天一定會死在他們手裡，過了十年卻還沒發生，這是什麼滋味啊。」

「我不知道。」阿爾卡迪歐法官承認。「也不想知道。」

「最好永遠別知道。」理髮師說。「盡力避免吧。」

法官垂下頭。沉默了好一會兒過後，他問：「葛迪沃拉，你知道一件事嗎？」法官不等他回答就繼續說。「中尉陷在這座村莊裡動彈不得。而且他陷得一天比一天還深，因為他發現了無法再回頭的樂趣：他慢慢地，不聲不響地，越來越有錢。」理髮師默默聽著他說，最後法官說：

「我跟你打賭，他不會再殺人。」

「您這麼覺得？」

「我跟你賭，死一個人我付一百塊披索。」阿爾卡迪歐法官堅持說。「對他來說，當前能維持和平就是最好的一樁生意。」

理髮師剛好剪完頭髮，他把椅子往後壓，悶不吭聲換好了圍布。當他終於開口時，聲音卻洩漏了一絲茫然。

「從您嘴巴聽到這些話真是奇怪。」他說。「而且是對我說。」

如果不是躺著，阿爾卡迪歐法官或許會聳聳肩。

「我不是第一次說這些話。」他指出。

「中尉是您的好朋友。」理髮師說。

他壓低了聲音，語氣充滿緊張，像是在說機密似的。他專注在手中的工作，臉上的表情卻如同不習慣寫字卻不得不簽名的人。

「葛迪沃拉，告訴我一件事。」阿爾卡迪歐法官略帶慎重問。「你對我有什麼看法？」

理髮師開始替他刮鬍子。他思索了一下後回答。

「到現在為止，」他說。「我一直認為您是個知道怎麼做事和願意去做的人。」

「就請你繼續這樣想吧。」法官笑著說。

法官放手讓理髮師刮鬍子，那消沉模樣，彷彿被砍頭也是無可奈何。他閉上眼睛，讓理髮師拿著明礬按摩下巴，撲上粉，再拿起非常柔軟的豬鬃刷子掃去粉末。他拿掉法官脖子上的圍布時，把一張紙條塞進他的襯衫口袋。

「法官，您只是沒有搞懂一件事。」他對法官說。「這個國家陷入麻煩了。」

阿爾卡迪歐法官檢視四周，理髮廳裡頭依然只有他們兩個。豔陽高照，早上九點半，村子卻是一片靜寂，縫紉機發出窸窸窣窣的聲音，在這個怎麼都會到來的禮拜一，法官更是有了一種村莊只剩下他們的錯覺。於是，他拿出口袋的紙條讀了讀，理髮師轉過身去整理鏡臺。「兩年過去了。」他一字不漏地背下來。「卻還在戒嚴狀態，還在實施報禁，還是同一批人當權。」理髮師從鏡中看見阿爾卡迪歐法官讀完，便對他說：
「把這張紙條傳出去。」
法官把紙條收回口袋。
「您真勇敢。」他說。
「我從沒看錯人。」理髮師說。「否則早就吃子彈了。」接著他用嚴肅的口吻說：「法官，請記住，千萬不要洩漏這件事。」
阿爾卡迪歐法官踏出理髮廳後，感到口乾舌燥。他到撞球間點了兩杯雙份酒。一口接著一口喝下肚，他發現他還有很多時間可以慢慢喝。他想起讀大學時的某個聖週六，他想了一個蠢方法紓解紛亂的心情：他到了一間非常簡陋的酒吧，進入裡面的廁所，在感染梅毒的部位撒上火藥粉，再點火。
到了第二杯雙份酒也下肚，羅格先生緩了，不再送酒給他。他面露微笑說：「再這麼喝，您會像鬥牛士被人扛著肩膀抬出去。」他也嘴角上揚，送給他一個微笑，不過眼睛還是閉著的。半個小時過後，他到廁所解尿，出去之前，他把秘密紙條丟進馬桶。

當他回到吧檯邊，發現檯面擺著一瓶酒，一旁的酒杯裡裝著紅酒。「這是給您喝的。」羅格先生一邊緩緩地搧風一邊對他說。店裡只有他們兩個。阿爾卡迪歐法官倒了半杯酒，不疾不徐地啜飲。「有件事您知道嗎？」他問。他見羅格先生露出不解的表情，就告訴他：

「麻煩快來了。」

沙巴斯先生正在稱午餐，分量就跟小鳥吃的一樣少，有人通知卡爾米蓋耶先生再次來訪。「告訴他，我在睡覺。」他在妻子的耳邊低聲說。事實上，他在十分鐘後也真的睡著了，當他睜開雙眼，空氣已轉乾燥，屋子充滿熱氣，彷彿靜止了一般。已經十二點多了。

「你夢到什麼？」妻子問他。

「什麼也沒夢到。」

她沒有叫醒丈夫，而是讓他自然清醒。片刻過後，她把皮下針筒用熱水消毒，沙巴斯先生在自己的大腿注射藥劑。

「你已經三年沒做夢。」他的妻子說，這一刻她忍不住表達了失望。

「老天。」他驚呼。「妳說這個做什麼？做夢又不能強迫。」

幾年前，沙巴斯先生曾在一次短暫的午睡時間夢見一棵橡樹，樹上不是開滿花朵，而是刮鬍刀片。他的妻子解了他的夢，中了一點樂透。

「如果今天沒做夢，或許明天吧。」她說。

「不是今天，也不會是明天。」沙巴斯先生不耐煩地說。「我做夢，不是要妳去做蠢事。」

他躺回床上，他的妻子開始整理房間，把所有剪的或鑿的器具，都拿了出去。過了半個小時，沙巴斯先生起來好幾回，試著讓心情平靜下來，最後他開始更衣。

「喔。」他說。「卡爾米蓋耶先生說了什麼？」

「說他晚一點再來。」

接著他們安靜下來，到桌邊坐下來，才又開始說話。沙巴斯先生吃著他簡單的病人餐。他的妻子給自己準備的是一整套午餐，她的身子瘦弱，面容憔悴，這樣的分量未免太豐盛。她仔細思索一番，最後決定開口問：

「卡爾米蓋耶先生到底想要什麼？」

沙巴斯先生連頭都沒抬。

「還能要什麼？當然是錢。」

「我可以想像。」他的妻子嘆口氣。接著，她語帶憐憫地說：「可憐的卡爾米蓋耶先生，這麼多年來，擁有那麼多的錢，結果卻像河水從他的指縫間流走，最終還是只能靠施捨度日。」她講著講著，午餐的胃口盡失。

「喔，沙巴斯。」她哀求。「你好心會有好報。」她把餐具放在盤子上，好奇地問：「他需要多少錢？」

「兩百塊披索。」沙巴斯先生神情自若地回答。

「兩百塊披索！」

「就是說嘛！」

沙巴斯先生在禮拜天相當忙碌，到了禮拜一則能享受悠閒時光。他會花好幾個小時待在辦公室，對著電風扇打盹兒，他的牲口則是繼續長大、變肥，繁殖得越來越多。然而，這天下午他不得片刻安寧。

「是太熱的關係。」他的妻子說。

沙巴斯先生那雙褪色的眸子跳著不悅的怒火。他的辦公室很小，裡頭有一張老舊的木頭辦公桌，四張皮革扶手椅，角落堆著馬具，百葉窗是關上的，空氣沉重，不過還算溫和。

「或許吧。」他說。「從沒見過十月了還這麼熱。」

「十五年前天氣也是這麼熱，那時發生了地震。」他的妻子說。「你還記得嗎？」

「我不記得了。」沙巴斯先生心不在焉地說。「妳知道我從來不會去記什麼事情。」接著他又不開心地說：「而且，今天下午我可不打算提起那種不幸的事。」

他閉上眼睛，雙手交叉擱在肚皮上，假裝睡覺。他低聲說：「如果卡爾米蓋耶先生來了，告訴他我不在。」他妻子變了臉色，露出哀求的表情。

「你的心地真壞。」她說。

但是他沒再開口。她離開辦公室，拉上鐵紗門時，沒有發出任何聲音。沙巴斯先生後來真的睡了，當他睜開眼睛，外頭已經天黑，他看清楚眼前景象，發現村長就坐在那兒等他清醒，真像是夢境的延伸。

「像您這樣的人，不應該開著門睡覺。」中尉露出微笑說。

沙巴斯先生沒有洩漏他的不知所措。他說：「我家大門永遠為您敞開。」他伸出手想拉鈴，但村長阻止了他的舉動。

「您不想喝杯咖啡？」沙巴斯先生問。

「現在不想。」村長說，他看了房間一圈，日光流露一種懷念之情。「您睡著的時候，我在這裡等著，覺得很舒服，好像到了另外一座村莊。」

沙巴斯先生舉起手背，揉了揉眼皮。

「幾點了？」

村長瞥了一眼他的錶。「快五點了。」他說。接著，他換了在安樂椅上的坐姿，語氣輕柔，直接揭露他的目的。

「那麼，我們可以談談了？」

「我想，這是我唯一能做的事。」沙巴斯先生說。

「其他的事都不重要。」村長說。「總之，這早已是公開的秘密。」

他一樣不疾不徐，完全沒用表情或者言語要挾，接下去說：

「沙巴斯先生，告訴我，您從蒙堤耶的寡婦那裡偷了多少牲畜？再用燒紅的鐵烙，把您的印記重新烙印上去？」

沙巴斯先生聳聳肩膀。

「我完全沒有概念。」

「您一定記得這種行為有個名字。」村長肯定地說。

「盜竊牲畜。」沙巴斯先生說。

「沒錯。」村長肯定說。接著他又面不改色地說：「比如，我們假設您在三天內偷了兩百頭牲畜。」

「希望如此。」沙巴斯先生說。

「那麼，就算兩百頭。」村長說。「您知道條件是什麼：每頭牲畜要上繳五十塊披索的稅金給市政府。」

「四十塊。」

「五十塊。」

沙巴斯先生停止爭論，屈服他的要求。他靠著彈簧椅的椅背，轉動手指上的一枚晶亮的黑寶石戒指，雙眼盯著一只想像的棋子。

村長觀察他的反應，那專注的神情沒有絲毫同情。「不過，這起事件不會到此為止。」他繼續說。「從這一刻開始，不論荷西．蒙堤耶的牲畜在哪裡，都歸市政府監管。」他等待對方的反應，但沒有出現，於是他又繼續解釋：

「您知道，那個可憐的女人已經徹底發瘋。」

「那麼卡爾米蓋耶呢？」

「卡爾米蓋耶。」村長說。「兩個小時前已遭看管。」

這時，沙巴斯先生仔細打量他，那副表情或許是讚嘆，或者是驚訝。毫無預警地，他再也壓抑不住內心的笑意，就在辦公桌前笑了出來，蒼白肥胖的身軀抖個不停。
「中尉，真是太不可思議了。」他說。「對您來說，這應該就像一場夢。」

日落時刻，西拉爾多醫生感覺過去彷彿重現。廣場上的扁桃樹再度布滿灰塵。冬季再次離去，但它悄悄的腳步卻在回憶中留下深深的足印。安赫神父從傍晚的散步回來，遇到醫生正拿著鑰匙要打開診所的門。
「您瞧，醫生。」神父微笑說。「就連開門都需要天主的協助。」
「或許需要的是手電筒。」醫生回以微笑。
他轉動插上鎖的鑰匙，接著將注意力轉回安赫神父身上。他看見，神父的臉色在暮色中變得通紅。「神父，請等一等。」他說。「我看您的肝可能不太對勁。」他拉住神父的手臂，攔下了他。
「您這麼認為？」
醫生打開壁燈，詳細檢查神父的臉孔，那份專注流露了人情味，而非只是專業醫生的冰冷。接著他推開鐵紗門，打開診所內的燈。

「神父，檢查一下身體吧，不用花上五分鐘。」他說。「我們來看看血壓。」

安赫神父有急事要辦，但面對醫生的堅持，他還是踏進了診所，抬起手臂準備量血壓。

「在我那個年代，可沒有這種東西。」他說。

西拉爾多醫生拉把椅子到他面前，坐下來替他量血壓。

「神父，不要逃避，現在也是您的年代。」他微笑說。

當醫生判讀水銀柱的讀數時，神父趁機打量診間，他抱的是那種進到候診室時通常會引發的好奇心。牆壁上掛著一張發黃的證書，一幅小女孩的石版印刷畫，原本整幅畫是紫紅色，但一邊的臉頰已蛀成藍色，還有一幅醫生從鬼門關救回一名裸體女人的畫。在盡頭，有一張漆成白色的鐵床，床後面有個櫥櫃，上面擺著貼上標籤的藥罐。窗戶旁邊有個放醫療器具的玻璃櫃，其他同樣的玻璃櫃裡則是塞滿書本。診間裡面感覺最強烈的，是非食用酒精的氣味。

西拉爾多醫生量完血壓，臉上沒有透露任何訊息。

「這個房間需要一尊聖人像。」安赫神父嘟囔。

醫生檢視牆壁。他說：「不只這裡，整座村莊都需要。」他把血壓計收進皮革盒子裡，用力拉上拉鍊，然後說：

「神父，聽好：您的血壓正常。」

「我也這麼猜想。」神父說。接著他黯然的神色出現茫然不解，又說：「我不曾在十月感到這麼神清氣爽。」

他慢慢地把袖子拉下來。他的教士長袍邊緣有修補過的痕跡，腳上一雙破鞋，雙手粗糙，指甲像是燒焦的牛角，在這一刻，他的生活處境暴露無疑：他一貧如洗。

「然而，」醫生回答。「我替您擔心：在這樣的十月，您的生活方式確實相當不恰當。」

「天主的要求是嚴厲的。」神父說。

醫生背向他轉過身去，凝視窗外漆黑中的河流。他說：「我不懂，這種嚴厲要到什麼地步。人類的本能明明不可能改變，卻拚命壓抑了這麼多年，這不像是天主的要求。」

接著他沉默許久，問道：

「最近這段日子，不知道您是不是曾感覺到，您努力不懈的心血正在慢慢瓦解。」

「這一輩子，每到夜裡，我都有這種感覺。」安赫神父說。「因此，我知道我應該在第二天加倍努力。」

他站了起來。「快要六點了。」他說完後，準備離開診所。醫生駐足在窗前不動，似乎伸出了手攔住他的去路，並對他說：

「神父：請您找一天晚上，把手放在胸口，問自己是否想用膠帶把道德封起來。」

安赫神父無法掩飾內心的窒息感有多麼強烈。「醫生，」他說。「在臨死的那一刻，您會知道這些話有多麼沉重。」他道過晚安，離開時，輕輕地關上了門。

他無法專心禱告。當他關閉教堂時，蜜娜走過來說，這兩天捕鼠器只抓到一隻老鼠。他知道，蒂妮妲不在的這段時間，老鼠大量繁殖，到了可能剷倒教堂的地步。然而，蜜娜設置了捕鼠器，在乳酪下毒，跟蹤老鼠到牠們的巢穴，神父還親自幫她用瀝青把新巢穴堵死。

「要對自己的工作有信心。」神父對她說。「老鼠會像羔羊一樣乖乖地進入捕鼠器。」

睡著之前，他躺在磨光的草蓆上翻來覆去。他神志清醒，滿心焦慮，清楚感覺到醫生在他內心灌進的深深挫敗感。這股焦慮，與教堂內橫行的老鼠和宵禁的限制彷彿串通一氣，形成一股看不見的力量，把他拖進了最害怕憶起的往事漩渦：

他剛到村莊時，曾在大半夜被叫醒，有人要他在娜拉·德雅各臨終前給她協助。他進入一間臥室，裡面只有一具擺在床頭上方的耶穌受難像十字架，以及靠在牆邊的許多張空椅子，彷彿正在迎接死亡降臨。他聽取了一場驚天動地的告解，她在奄奄一息之際，以平靜、直接和仔細的方式向他透露，她剛出生的女兒，親生父親並不是她的丈夫聶斯妥・雅各。安赫神父說，她必須當著丈夫的面再告解和悔罪一次，他才願意對她赦罪。

10

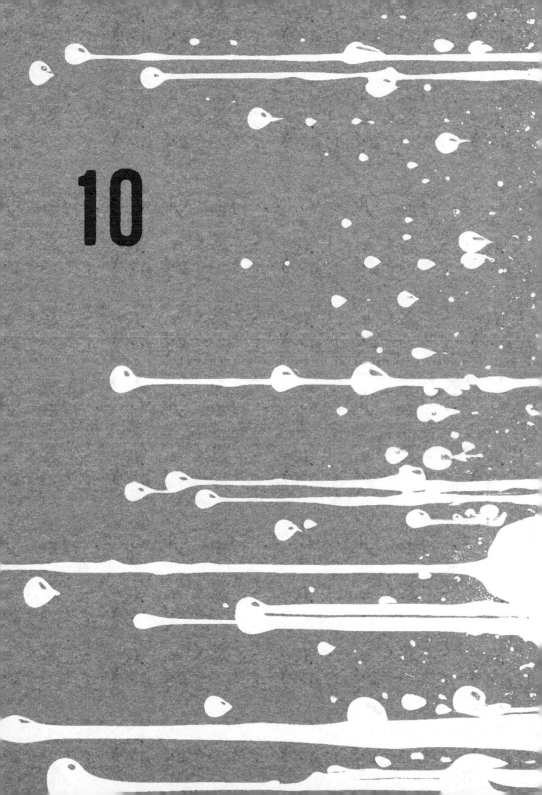

馬戲團老闆發出了一個又一個的指令，一群人挖出木樁，帳篷重重地垮了下來，發出了呼呼響，彷彿呼嘯吹過樹間的風聲。晨曦初露時，遮篷摺起，婦女孩童坐在行李箱上吃早餐，男人們把猛獸都運上了船。駁船發出第一聲汽笛，拆得一乾二淨的地基上留著爐灶的痕跡，那是唯一證明曾有史前動物路經村莊的痕跡。

村長並沒有睡覺。他從陽臺上觀看馬戲團上船，接著他前往港口，混入喧鬧的人群中，身上還穿著那套野戰制服，他因為睡眠不足雙眼紅腫，鬍子兩天沒刮，表情顯得十分嚴肅。馬戲團老闆從駁船的屋頂看見了他。

「中尉，您好。」他朝著村長大喊。「我要離開您的疆土啦。」他穿著一件寬鬆的連身服，一臉堅毅，給人恍若修士的錯覺。他手裡握著一把捲起的鞭子。

村長走近河岸。「真抱歉呀，將軍。」他張開手臂，心情愉快，大聲回說：「希望您能好心告訴我，為什麼要離開。」接著他轉身面對群眾，高聲解釋：

「我取消了他的許可證，是因為他不願意給孩子們看免費的表演。」

駁船發出最後一聲汽笛，接著引擎的震響淹沒了馬戲團老闆的回答。河水冒出一股爛泥攪動後的沼氣。馬戲團老闆等到駁船在河中央轉了一圈。這時他靠著船舷，兩隻手掌圍在嘴邊充作擴音器，聲嘶力竭大喊：

「永別了，婊子警察。」

村長面不改色。他雙手插在口袋，等待引擎的轟隆響消失無蹤。接著他掛著微笑，邁開腳步，穿過人群，踏進敘利亞佬摩西的雜貨鋪。

這時接近八點。敘利亞佬開始收拾門口的展示商品。

「所以，您也要走了。」村長對他說。

「快了。」敘利亞佬看著天空說。「快下雨了。」

「禮拜三不下雨的。」村長用肯定的語氣說。

他把兩邊手肘撐在櫃檯上，觀看港口上空密布的烏雲，敘利亞佬收好商品後，要妻子給他們端來咖啡。

「等到人都走光，我們就得向其他村莊借人力了。」他這樣說著，彷彿是在對自己嘆氣。

村長有一口沒一口地啜飲著咖啡。還有三戶人家要搬離村莊。根據敘利亞佬摩西的計算，接下來一個禮拜，一共會有五戶人家離開。

「他們遲早都會回來。」村長說。他檢視留在咖啡杯底部的神秘咖啡渣，有點心不在焉地說：「他們不論去哪裡，都會記住自己的臍帶埋在這座村莊裡。」

他說完了預言，卻不得不待在店鋪裡，直到猛烈的暴雨過去，不到幾分鐘，雨水恍若洪水來襲，淹沒了村莊。然後他回到警局，碰見了卡爾米蓋耶先生，儘管大雨傾盆而下，他依然坐在院子中央的一張板凳上，淋得溼漉漉的。

他沒搭理他。他先見了看守的警員，要他們打開培沛．阿馬多的牢房，他趴在磚頭地面，似乎睡得正熟。他踢了一腳，把他翻過面來，仔細檢視他那張被打得變形的臉孔半晌，心底默默生起一股憐憫之情。

「你餓了多久？」村長問。

「從前晚就沒吃了。」

村長命令警員抬起他。三名警員架著他的胳肢窩，把他拖到牆邊一個半公尺高的水泥平臺上。而他剛剛趴躺的地方留下一抹溼透的印子。

兩名警員扶他坐好，另一個抓住他的頭髮，逼他抬起了頭。如果不是他發出紊亂的呼吸聲，或者嘴角掛著無盡的疲憊，或許就跟死了沒有兩樣。

警員放開了手，培沛·阿馬多睜開雙眼，抓著水泥平臺的邊緣。接著他趴著躺下，發出了一聲粗喘。

村長離開牢房，指示警員送飯給他吃，讓他睡一會兒。「然後，」他說。「繼續審問他，直到他吐出所有知道的實情。我想他再撐也撐不了太久。」

他到了陽臺，從上面又看見院子裡的卡爾米蓋耶先生，他托著腮幫子，身體縮成一團坐在板凳上。

「羅維拉。」他叫喊。「去卡爾米蓋耶先生家一趟，叫他太太送衣服過來。」接著他又用堅決的語氣說。「然後，叫他來辦公室。」

村長趴在辦公桌上，就在快要睡著時，門口傳來敲門聲。門外是卡爾米蓋耶先生，他穿著一套完全乾爽的白色衣服，不過腳上那雙鞋還是跟溺水者的一樣發脹和軟爛。村長在跟他說話前，下令警員拿來一雙鞋子。

卡爾米蓋耶先生舉起手阻止警員。「就讓我這個樣子吧。」他說。接著，他轉向村長，眼神透露強烈的自尊感，他解釋：

「這是我唯一的一雙鞋。」

村長要他坐下來。在二十四個小時前，卡爾米蓋耶先生被帶來這間銅牆鐵壁般的辦公室裡，遭到一串嚴厲的拷問，要他交代有關蒙堤耶的寡婦的家產狀況。他詳盡地解釋一番。最後村長表示他想要買下遺產，由市府的專家來估價，但是卡爾米蓋耶先生回拒，並表示遺產尚未清點完畢，因此他的決定不會動搖。

這天下午，儘管兩天沒吃東西，又經過了日曬雨淋，他還是一樣不為所動。

「卡爾米蓋耶先生，您簡直是頭騾子。」村長對他說。「如果你堅持等到遺產清點完畢，沙巴斯那個土匪可能就會把蒙堤耶的所有牲畜重新烙上他的印記。」

卡爾米蓋耶先生聳聳肩膀。

「好吧。」停頓了好一會兒，村長開口說。「聽說你是個正直的人。但是請你記住一件事：五年前，沙巴斯先生曾把一份完整名單交給荷西・蒙堤耶，上面列出跟游擊隊有聯繫的人，所以他是這座村莊內唯一的反對派領袖。」

「還有一位。」卡爾米蓋耶先生語帶嘲諷地說。「那個人就是牙醫。」

村長沒有理會他的插嘴。

「您覺得，像他這種不擇手段出賣同胞的人，值得你坐在那裡二十四個小時，忍受日曬雨淋嗎？」

卡爾米蓋耶先生垂下頭，凝視自己的指甲。村長坐到辦公桌上。

「而且，」最後他改用溫和的語氣說。「想想您的孩子。」

卡爾米蓋耶先生不知道，前一晚他的妻子和孩子已來見過村長，後者保證一定在二十四小時內釋放他。

「不用擔心。」卡爾米蓋耶先生說。「他們知道怎麼照顧自己。」

他聽到村長在辦公室裡踱步，於是抬起頭。這時他發出一聲嘆息說：「中尉，您還有一個辦法。」他對村長投去溫馴的目光，接著繼續說下去。

「一槍斃了我。」

他沒聽到任何答案。片刻過後，村長在他的臥室裡熟睡，卡爾米蓋耶先生回到板凳上坐著。

離警局不到兩個街區的距離外，法官的秘書正樂得飄飄然。他一整個早上都在辦公室盡頭打瞌睡，不自覺地夢見了蕾貝卡．德阿西斯的酥胸，那彷彿正午時分一道閃電從天而降：浴室的門猛然打開，她這個全身上下只裹著一條毛巾的尤物，發出無聲叫喊，急忙關上了窗戶。

秘書繼續待在昏暗的辦公室中，忍受夢境的折磨，整整半個小時。到了十二點，他鎖上大門，到其他地方去延續夢中的回憶。

當秘書經過電報處前面，郵局的員工對他打個手勢。「我們快要有新的神父了。」他對秘書說。「阿西斯的寡婦寫了一封信給宗座監牧主教。」秘書拒絕再聽下去。

「一個人的最高尚美德，」他說。「是懂得保守秘密。」

他在廣場的轉角遇到了班海明先生。他正在考慮要不要跳過他的商店前面的水窪。「班海明先生，不知道您知不知道……」秘書說。

「知道什麼？」班海明先生問。

「沒事。」秘書說。「我要把這個秘密帶進墳墓。」

班海明先生聳聳肩。他看見秘書跳過水窪，動作就像小伙子一樣靈活，於是也大膽地跟著跳了過去。

班海明先生不在商店的時候，有人在店後面放了一個三層便當、餐盤、餐具，以及一張摺好的桌巾。班海明先生在桌上鋪好桌巾，把東西依序放好，準備用午餐。他的用餐動作一絲不苟。首先，他先喝湯和啃骨頭，湯汁黃澄澄的，上面漂浮著大圈的油脂。接著他吃掉一盤白飯、燉肉和一塊炸木薯。氣溫開始升高，但是班海明先生全然不在意。吃完午餐後，他把餐盤疊好，再次放回便當盒裡的位置，喝了一杯水。

當他掛起吊床時，他聽到有人踏進商店。

一個懶洋洋的聲音問：

「班海明先生在嗎？」

他伸長脖子，看見一個全身黑色的女人，頭上包著一條毛巾，皮膚是灰色。她是培沛·阿馬多的母親。

「我不在。」班海明先生說。

「您就是呀。」女人說。

「我知道。」她說。「但是就當我不是，因為我知道您的來意。」

班海明先生掛好了吊床，女人站在通往店鋪後面的小門，神情猶疑不決。她的胸腔每吐出一聲氣息，都發出輕輕的嘶鳴。

「別杵在那裡。」班海明先生厲聲說，「要不離開，要不進來。」

女人在桌子前的椅子坐下來，開始默默流淚。

「抱歉。」他說。「請留意，您應該要坐那邊，讓大家都看得到。」

培沛·阿馬多的母親摘下毛巾，拿起來擦乾眼淚。班海明先生掛好吊床後，按照習慣拉了拉繩索，確定是否堅固。接著他聽取女人的需求。

「所以您想要我寫一份申請書。」他說。

女人點點頭確認。

「您還相信這種東西呀。」班海明先生繼續說。「現在，紙張上寫的東西是主持不了正義的，只有子彈辦得到。」

「每個人都這麼說。」她回答。「可是我湊巧是唯一那個兒子坐牢的人。」

當她講話時，打開了手中緊握的手帕，拿出好幾張印著汗漬的鈔票，一共八塊錢披索。她把鈔票遞給班海明先生。

「這是我僅有的錢。」她說。

班海明先生盯著那幾張鈔票看。他聳起肩膀，拿過鈔票放在桌面。「我知道這是白費力氣。」他說。「但是我願意試試，只為了向天主證明我是個不屈不撓的人。」女人默默地謝過他，眼淚再次撲簌簌滾落。

「無論如何，」班海明先生向她建議。「想辦法請村長讓您見見兒子，說服他說出所有他知道的東西。否則，寫申請書也只是白忙一場。」

她拿著毛巾擦乾淨鼻子，再戴回頭上，頭也不回地走出了商店。

班海明先生午睡到下午四點。當他去院子洗臉時，天氣依舊乾爽，不過滿天都是飛舞的螞蟻。他更換衣服，梳好僅剩的稀疏頭髮，便出門去電報處買一張蓋印的空白紙。

他回到店舖開始寫申請書，這時他發現村裡出現騷動。他注意到遠處傳來叫喊。他向一群從身邊跑過去的小伙子問發生什麼事，他們沒有停下腳步，但回答了他的疑問。這時他回到電報處，把蓋印的空白紙退回去。

「不需要了。」他說。「他們剛剛處決了培沛・阿馬多。」

村長依然睡眼惺忪，他一手拿皮帶，另一隻手解開軍服的鈕釦，從臥室兩階一步走下樓梯。光線的顏色讓他搞不清時間。他在明白發生什麼事之前，就知道應該到警局一趟。

他經過的地方，門窗紛紛關上。大街上，有個女人張開雙臂，從反方向跑了過來。螞蟻在乾淨的空氣中飛舞。村長還不知道發生了什麼事，不過他掏出了槍，開始用跑的。

一群女人企圖打開警局大門。好幾個男人跟她們扭打成一團，想要阻止她們。村長用力分開他們，背部靠在門板上，拿槍指著所有的人。

「誰敢往前一步，我就給他一槍。」

這時，在裡面擋門的警員打開了門，他拿著上膛的步槍，吹了一聲口哨。另外有兩個警員走到陽臺上，對空氣鳴槍，發出好幾聲槍響，於是有一群人開始往街道兩頭散去。就在這一刻，有個女人出現在街角，發出像狗一樣的哀號聲。村長認出那是培沛．阿馬多的母親。他一腳跳進警局，站在樓梯處對警員下令：

「設法安撫那個女人。」

局裡一片死寂。事實上，村長根本不知道發生什麼事，他揮開兩名擋在牢房門口的警員，看見了培沛．阿馬多躺在地上，他縮成一團，雙手在大腿之間，皮膚毫無血色，但是不見任何血跡。

村長確定沒有半個傷口之後，把屍體扳過來面部朝上，將襯衫的衣襬塞進褲子裡，扣好他的褲子。最後，他替屍體繫好皮帶。

當他站起來時，已經恢復冷靜，但是當他面對警員時，表情已經略顯疲憊。

「是誰？」

「所有人都有份。」金髮大個子說。「他企圖逃跑。」

村長若有所思地看著他，有那麼幾秒，他似乎無話可說。「沒有人會相信你說的這個故事。」他說。他走向金髮大個子，對他伸出手。

「把手槍給我。」

警員拿下槍帶，交給了他。村長發現射出的子彈已經補上新的，他把所有子彈收進口袋，槍枝交給了另一個警員。靠近一看，金髮人個子似乎一臉天真無邪，他被帶到隔壁的牢房，在那裡脫得一絲不掛，把衣服交給村長。他的動作不疾不徐，他知道自己的每個動作都像在進行儀式一般。最後，村長親自關上了死者的牢房，走到面對院子的陽臺上。卡爾米蓋耶先生還坐在板凳上。

卡爾米蓋耶先生被帶到辦公室，但是沒有理會要他坐下的邀請。他站在辦公桌前，身上的衣服又溼透了，面對村長詢問他是否知道全部的狀況時，他的頭連搖都沒有搖一下。

「那麼，好吧。」村長說。「我還沒有時間好好思考接下來該怎麼做，我也不知道是不是該做點什麼。但是你要記住，任何我會去做的事，」他繼續說。「不管你願不願意，都脫不了關係。」

卡爾米蓋耶先生依然呆站在辦公桌前，衣服緊貼著身體，皮膚開始出現浮腫，彷彿已經溺水三個晚上，卻還沒被救上岸。村長等著任何反應，卻只是徒勞一場。

「那麼，卡爾米蓋耶先生，請您注意，我們已經在同一艘船上了。」

他說這句話時的語氣不但嚴肅，甚至還帶點戲劇性。但是卡爾米蓋耶先生的腦袋似乎沒有記下他說的話。他繼續在書桌前動也不動，浮腫的身軀散發出哀傷的氣息，即使走出了銅牆鐵壁般的辦公室也還是一樣。

警局前面，兩名警員抓著培沛·阿馬多的母親的手腕。他們三個似乎已經冷靜了下來。這位母親帶著平靜的節奏呼吸，眼眶已經不見淚水，但是當村長出現在門口時，她再次發出粗啞的哀號，激動地猛烈搖晃，其中一位警員不得不鬆開她，另一個將她緊緊壓倒在地上。

村長沒看她一眼。他叫來另一位警員，陪他面對一群在街角目睹這一幕爭鬥畫面的群眾。他沒有特別對哪個人說話。

「如果各位不想讓事情變得更糟的話，就帶那個女人回去她的家。」

他說。

他在同一位警員的陪伴下，邁開腳步，穿過人群，抵達法庭。裡面沒有人。於是他前往阿爾卡迪歐法官的家，沒有敲門，直接推開門大喊：

「法官。」

阿爾卡迪歐法官的情婦飽受懷孕折磨，她在昏暗中沒好氣地回答：

「他走了。」

村長繼續站在門口。

「去哪兒？」

「去要去的地方。」女人說。「去找該死的妓女。」

村長對警員打了進門的手勢。他們從女人身邊走過去，連看都沒看她一眼。接著他們開始搜索臥室，發現完全沒有男人的東西，於是返回客廳。

「什麼時候走的？」村長問。

「前兩晚。」女人說。

村長花了好一會兒時間思索。

「媽的。」他突然大吼。「他或許能藏在地底五十公尺深，或者躲回他那婊子母親的肚子裡，但我們一定會把他揪出來，不論是死是活。政府的鞭子很長。」

女人嘆了口氣。

「中尉，願天主聽到您的請求。」

天色開始暗下。警員還在警局外的街角攔阻好幾群人，但是他們已經帶走了培沛・阿馬多的母親，村莊似乎平靜了下來。

村長直接回到死囚的牢房。他叫人拿來一張帆布，在警員幫忙下替屍體戴上棒球帽和眼鏡，再用帆布包裹起來。接著他從局內幾個地方找來幾段麻繩和金屬絲，把屍體從脖子到腳踝用螺旋狀捆緊。當他完成工作時已經汗流浹背，但也恢復了精神，就好像卸下了屍體的重量。

直到這時，他才打開牢房的燈。「去找一把鐵鍬和一盞燈。」他對警員下令。「然後叫貢薩雷茲過來，你們兩個到後院去，挖一個深一點的坑，後院的土壤比較乾。」他說這句話時，似乎每個字都先斟酌過，再一個個吐出。

「最後，你們要一輩子記得，這個小伙子並沒有死。」他下結論。

兩個小時過後，他們還在挖坑。村長站在陽臺上，發現街頭空無一人，只有他的警員在每個街角站崗。他打開樓梯的燈，到大廳比較陰暗的角落歇息，聆聽遠處傳來石鴴斷斷續續的鳴叫聲。

安赫神父的聲音將他從沉思中拉回。他先聽到神父對看守的警員說話，接著再對陪他來的某個人說話，最後村長認出了另一個人的聲音。他坐在摺疊椅上俯身向前，等到聲音再次傳來，他們已經在局內了，樓梯開始響起腳步聲。這時他在黑暗中伸出左手，拿起了卡賓槍。

當安赫神父看見村長出現在樓梯口時，停下了腳步。西拉爾多醫生跟在他身後的兩個階梯下面，穿著漿過的白色短袍，一手提著手提箱。他露出了一口利牙。

「中尉，我真是失望。」他語氣愉快地說。「我一整個下午都在等您叫我來驗屍。」

安赫神父那雙清澈平靜的眼睛盯著他看，接著轉過身看向村長。村長也露出微笑。

「不用驗屍。」他說。「因為沒有人死掉。」

「我們想要見培沛‧阿馬多。」神父說。

村長把手中握的那支卡賓槍槍口朝下，繼續對醫生說：「我也想見他。」他說。「但是愛莫能助。」他退去笑容說：

「他逃獄了。」

安赫神父往上踩一階。村長舉起卡賓槍對準他。「神父，站著別動。」他警告。醫生也往上踩了一階。

「中尉，請聽我說。」他依然面露微笑說。「這座村莊藏不了任何秘密。從下午四點過後，所有人都知道那個小伙子的遭遇，就像沙巴斯先生賣驢子時所幹的事一樣。」

「他逃獄了。」村長又說一遍。

他盯著醫生看，因此當安赫神父高舉雙手，再往上踩兩階時，他根本來不及採取防衛。

村長一個猛力動作，拿掉槍枝的扳機保險，雙腳打開站好。

「不准動。」他高喊。

醫生抓緊神父長袍的袖子。安赫神父開始咳嗽。

「中尉，讓我們光明正大地玩。」醫生說。這是許久以來第一次，他的聲音轉為嚴厲。「這次的驗屍不得不做。現在我們要解開所有囚犯在這座監牢昏迷不醒的謎團。」

「醫生。」村長說。「如果您敢動一步，我立刻開槍。」他迅速瞥了一眼神父。「神父，您也是。」

他們三個就這樣僵直不動。

「而且，」村長繼續對著神父說。「神父，您應該感到高興：那個小伙子就是張貼黑函的始作俑者。」

「願天主憐憫啊。」神父說。

神父無法繼續說下去，咳嗽過後伴隨的是一陣痙攣。村長等著他的不適結束。

「你們聽好，」最後村長開口。「我要開始數數，數到三，我就會閉上眼睛往這扇大門開槍。醫生，請您永遠記住，」他清楚警告醫生。「我們之間的嬉笑打鬧已經結束，現在只有戰火。」

醫生拖著神父的袖子離開。他頭也不回，背對著村長開始踩下階梯，突然間，他放聲大笑。

「中尉，我喜歡這樣。」他說。「我們現在都摸清楚對方了。」

「一。」村長開始數。

他們沒聽到接下來的數數。兩人在警局外的街角道別，安赫神父身心俱疲，他不得不轉開頭，因為臉上掛著兩行清淚。西拉爾多醫生拍了一下他的肩膀，臉孔依舊保持微笑。「神父，不要大驚小怪。」他說。「這就是人生。」繞過街角的屋子後，他就著路燈看錶：再一刻鐘就是晚上九點。

安赫神父食不下嚥。宵禁鐘響後，他俯身在辦公桌上，直到過了午夜，這時綿綿細雨慢慢抹去了他周遭世界的樣貌。他振筆直書，字體整齊劃一，頗有矯揉造作的風格，他熱情澎湃，甚至無法停下來用鵝毛筆沾墨水，於是用在紙上揮舞到乾涸的筆頭，寫出了兩個看不見的字。

第二天，他在彌撒過後，立刻把信拿去寄，不過那封信直到禮拜五才發出。整個早上，空氣潮溼，烏雲密佈，但是到了正午開始轉為晴空。院子裡出現一隻迷路的鳥兒，牠在晚香玉之間逗留了半個小時，一拐一拐跳著。牠發出一聲拉長的鳴叫，逐漸提高八音，直到發出難以想像的尖音。

安赫神父照常在傍晚散步，途中他發現整個下午總有一股秋天的芬芳伴隨。他到了蒂妮妲家，跟逐漸康復的病人談話，他們談起十月的病痛時略感哀傷，而在此時，神父想起蕾貝卡．德阿西斯在某晚造訪他的辦公室，身上也是散發著同樣的香味。

回程途中，他順道去拜訪卡爾米蓋耶先生的家人。他的妻子和大女兒悲痛欲絕，只要提到遭到拘留的一家之主，就忍不住哽咽起來。但是其他孩子沒了父親嚴厲的管教，倒是樂開懷，他們正在試著用一杯水餵蒙堤耶的寡婦送給他們的一對兔子。突然間，神父停頓下來，舉手比劃，並說：

「我知道了，是烏頭。」

但那不是烏頭的氣味。

沒有人談論黑函。最近發生了幾起大事，大家的注意已被轉移，黑函即使再惹非議，也已經隨風而逝。安赫神父在傍晚的散步途中，以及禱告後在辦公室裡跟天主教夫人團談話時，確定了這件事。

訪客離去後，他感到飢腸轆轆。他替自己準備了炸綠蕉片、牛奶咖啡和一塊乳酪。他吃得心滿意足，暫時將那股香味拋到腦後。他更衣準備就寢，躺在蚊帳內拍打逃過殺蟲劑毒手的蚊子，一連打了幾個嗝。他感覺嘴裡湧現酸味，但是心靈相當平靜。

他睡得平穩。在宵禁的寂聲中，他聽見細碎的感性低語，總在冰冷的凌晨時刻出現的溫柔琴聲，最後是一首舊時的老歌。還有十分鐘就五點了，他發現自己還活著。他費盡九牛二虎之力起身，舉起手指頭揉揉眼皮，心想著：「十月二十一日，禮拜五。」接著他高聲說出記憶中的日子：聖希拉里翁紀念日。

他沒有梳洗，也沒有禱告，直接換好衣服。他細細扣好教士袍的一長串鈕釦，套上每天穿的破靴子，靴子底部的釘子已經開始鬆脫。當他打開大門，迎向下方的一片晚香玉，他想起了一首歌的歌詞。

「我願意留在你的夢中，直到生命抵達盡頭的那一天。」他嘆氣。

蜜娜推開教堂大門時，他正在敲打第一聲鐘響。她走到洗禮堂，發現乳酪完整無缺，捕鼠器空蕩蕩的。安赫神父剛剛打開面向廣場的門。

「運氣真背。」蜜娜搖了搖空的厚紙箱說。「今天連一隻都沒抓到。」

但是安赫神父沒理會她。天色開始發亮，空氣清爽無比，彷彿宣告著，儘管發生了這麼多事，這一年的十二月依然準時報到。他從未這麼強烈感覺到來自天主的寧靜。

「昨天夜裡飄揚著小夜曲的旋律。」他說。

「那是子彈的旋律。」蜜娜肯定地說。「直到剛剛還聽得到槍聲。」

這時神父第一次正眼看她。她跟瞎眼祖母一樣毫無血色，此刻繫著平日聖會用的藍色腰帶。但她不同的是，蒂妮妲有著陽剛的氣質，她已漸漸有了女人的柔美。

「在哪裡？」

「到處都聽得到。」蜜娜說。「他們像瘋了似地到處搜索秘密傳單。聽說他們還拆掉了理髮廳的木頭地板，意外發現武器。監牢人滿為患，但聽說男人們都逃到山上去了，準備加入游擊隊。」

安赫神父嘆了氣。

「我竟然一無所知。」他說。

他走到教堂盡頭，她默默地跟在後面，到了主聖壇邊。

「不只那樣。」蜜娜說。「昨天夜裡，有宵禁，有槍聲……」

安赫神父停下腳步，回過頭，用那雙天真無邪的藍眸，溫柔地注視著她。蜜娜也停下了腳步，腋下緊夾著空箱子，在話還沒有說完之前，緊張地笑了一下。

國家圖書館出版品預行編目資料

惡時辰 / 加布列・賈西亞・馬奎斯作；葉淑吟譯．
-- 初版．-- 臺北市：皇冠，2022.12
面；公分．--（皇冠叢書；第5065種）(CLASSIC;120)
譯自：La mala hora

ISBN 978-957-33-3963-2（平裝）

885.7357　　111019161

皇冠叢書第5065種
CLASSIC 120

惡時辰

La mala hora

作　者—加布列・賈西亞・馬奎斯
譯　者—葉淑吟
發 行 人—平　雲
出版發行—皇冠文化出版有限公司
台北市敦化北路120巷50號
電話◎02-27168888
郵撥帳號◎15261516號
皇冠出版社(香港)有限公司
香港銅鑼灣道180號百樂商業中心
19字樓1903室
電話◎2529-1778　傳真◎2527-0904
總 編 輯—許婷婷
責任編輯—蔡維鋼
行銷企劃—許瑄文
美術設計—BIANCO TSAI、李偉涵
著作完成日期—1962年
初版一刷日期—2022年12月

法律顧問—王惠光律師

讀者服務傳真專線◎02-27150507
電腦編號◎044120
ISBN◎978-957-33-3963-2
Printed in Taiwan
本書定價◎新台幣450元/港幣150元